幻想
藏書閣

奇幻基地出版

千年之咒

誓約（上）

THE MALEDICTION TRILOGY
Stolen Songbird

丹妮爾・詹森 著

高瓊宇 譯

Danielle L. Jensen

致ＭＢ，是他帶領我走向這條路。

【台灣版獨家作者序】

聽聞《千年之咒》中文版即將在台灣問世，興奮之情油然而生，同時深感光榮；這本書是我的處女作，本來在心底就佔據了獨特的位置，而今還有遠隔重洋的讀者跟我一起遨遊厝勒斯的世界，更覺得不可思議。

故事的靈感最初來自於夢到掩蓋在土石底下的城市，夢境在腦海繚繞不去，持續好幾天、好幾個星期依舊揮之不去，甚至引發一連串索求回應的問題：為什麼一個城市好端端的卻被掩埋？城裡的居民要怎樣存活下去？他們為什麼不肯搬離那裡、執意留下來？問題的答案最終變成小說的結構和支架、情節和人物。還有最特別的一點，就是書中設定的巨魔隱然跟著答案浮現，只不過他們和鄉野傳說或頗受歡迎的小說所提到的那些可愛的怪物不大一樣，即便他們大都有一種破碎的美感。這又引發了另一個問題，明明有其他名稱遠比巨魔更切合內容，我又為什麼偏偏要用巨魔來當主人翁。

答案就是《千年之咒》裡最常被引用的一段話，崔斯坦對希賽兒說過：「我們的天性大都以為邪惡的人肯定有著醜陋的面孔……既然是美女，肯定也有仁慈、善良的心腸，一旦發現事實不是這樣，感覺就像非常信任一個人卻遭到背叛，大大違反了人們習以為常的事物準則。」這句話是在聽廣播時受到的啟發。節目中提到有研究報告顯示人們有一種傾向，長相姣好的人比較容易獲取信任，彷彿美貌能夠忠實反映出內在的善良，雖然不懷疑研究的可信度，但我深深相信人們這樣的想法荒謬又容易出錯。為此我決定要反其道而行，以巨魔當主人翁，他們本身就有很多負面的意涵，足以反映出邪惡和醜陋的內在，根本無庸去看外貌，再加上心態和意念藏在內心深不可見，究竟哪些人物才是這個名稱真實的體現，才是書裡真實的反派和大壞蛋，真要分辨其實是一大挑戰。

有了大致架構，問題開始轉向巨魔住在被石頭掩埋的城市裡要如何存活？答案自然以我特別創造的魔法系統為基礎。更深地追究下去，最終要問的是他們困守在如此艱困之處的原因是什麼？

很多作家是在下筆之前就構思好魔法的系統，但我寧願順著情節進展、逐步設立人物能力所及和不及之處，如此一來，因著環境設限、巨魔必須擁有某種有形的魔法——這樣他們才可以在本應該被壓垮的城市底下存活下來。對比之下，女巫的魔法驅策出另一個問題，因此巨魔才會被迫繼續留在危險重重的環境裡，兩種魔法系統存在著極大的差異，這些差異的本質正是探索厝勒斯為何會被石塊掩埋的關鍵。

在《千年之咒：誓約》上集的前幾頁，希賽兒形容魔山是：不祥地矗立在上方，南邊斜坡閃閃發光，就像奶油被刀子切過那般光滑，另一側是崩塌的山體，滿佈碎石和岩塊，傾斜地一路延展到大海。一座山裂成兩半、並將城市掩埋的現象聽起來似乎像天方夜譚一樣，然而這樣的靈感卻肇基於一九〇三年加拿大洛磯山脈發生的真實事件。就在凌晨四點鐘，特泰勒山（Turtle Mountain）的山體無預警地崩塌了一大塊，一夕之間，將近八千兩百萬公噸的土石傾倒在下方的鴨巢山隘口——以採礦聞名的法蘭克小鎮。這起事件造成至少九十人不幸喪生，是加拿大有史以來傷亡最慘重的山崩事件。直到今天，走山的景象還存在原處：數不清的巨石掩埋在特泰勒山扭曲陷落的山坡邊。即便我放大了山崩事件的範圍和程度，只要上網迅速地稍作瀏覽，肯定能夠找到許多視訊和影片，啟發人們去聯想《千年之咒》系列所描述的背景。至於埋藏在底下——厝勒斯的世界——則純粹是我自己的想像。

在創造地底國度的過程中，我自己非常享受，也希望台灣的讀者能夠跟我一樣快樂地在書中的世界裡遨遊。

丹妮爾．詹森

1 希賽兒

我拉高音域，高音在蒼鷹谷市場周圍迴盪，淹沒羊咩咩的叫聲和打鐵舖鐵槌的敲打聲。十幾張熟悉的臉孔停下手邊的工作，屏氣凝神、表情緊張地期待接下來的音符，那是我一個月以來最恐懼的夢魘所在，她喜孜孜地等著我當眾出糗。

我的身體竄過一陣顫抖，掌心冒汗，迪勒可提夫人銳利的眼神幾乎要灼傷我的肩胛骨，但她狗眼看人低的評價反而增加了我的決心。這次絕不能失敗。

我努力克制雙手握拳的衝動，把最後一口氣灌入歌曲的高潮，聲音漸強。快到了。幾個路人不約而同地向前一步，鼓勵的加油聲被高音掩蓋，平常的敗筆就在這裡，是我最常破音的地方，無一例外。

但是今天不一樣。

我一口氣唱完，市場歡聲雷動，大家鼓舞叫好。

「唱得真好，希賽兒！」某人大聲嚷嚷。

我微微屈膝行禮，臉頰紅通通的，害羞的反應掩不住雀躍的情緒，歌聲的餘音飄向春天帶來綠意的田野和山谷。表演完畢，人群散開，各自回頭忙碌去了。

「不要高興過頭，以為自己很了不起，」迪勒可提夫人站在背後悻悻然地開口。「取悅這些沒見過世面的鄉巴佬算不上什麼大成就。」

我渾身一僵，轉身面對她滿臉皺紋的怒容。

「妳算不錯了，」她說，嘴唇抿得死緊，只剩一條線。「只是跟『她』比起來差一大截。」

這個「她」是我母親。

小時候我對她幾乎一無所知，雖然爸爸每每提及的時候總是帶著敬愛有加的語氣，讓人以為他說的是女王。我只知道爸爸年輕的時候跑到崔亞諾去闖蕩，後來和年輕的女高音吉妮薇墜入愛河、結婚，幾年後爺爺過世，爸爸繼承了農場，她卻不肯跟著回來相夫教子。

「那個都市女孩受不了鄉下生活。」每當有人問起，奶奶就開始數落。「但是怎麼會有女人狠心拋棄丈夫和三個兒女，真的讓人想不透。」

用拋棄來形容母親是誇大其辭了，她的確有來探訪過，偶爾幾次。我一直認為她疏忽母職是因為對我們的愛不夠深，而我現在終於領悟這個抉擇背後的原由。

做為農夫的妻子一刻都不得閒，常常是黎明即起，深夜最後一個上床安歇。照顧家禽、料理三餐、攪製奶油、清洗堆積如山的衣服、打掃房子、生兒育女……工作清單羅列到數不完。蒼鷹谷的農婦各個未老先衰，雙手粗糙長繭、風霜滿面、永遠愁眉不展。反觀我的母親依舊年輕貌美，在舞台上熠熠發光，看起來像姊姊，不像我媽。

「今天練習是否到此為止，或者要我再唱一遍呢，夫人？」我的語氣畢恭畢敬，跟僵硬的表情形成強烈的對比。四年來她如芒刺在背，竭盡所能要把我最愛的歌唱變成苦差事，幸好功虧一簣。

「不到一個星期，妳就會苦苦哀求要回來了。」她腳跟一轉，怒沖沖地走下露台，回到客棧裡面，她的黑色裙襬隨著腳步窸窣作響。

如果幸運之神垂憐，這應該是我最後一次和聲樂老師照面。再過幾天，我就會在光之島最棒的女高音跟前展開人生新的學習樂章。

母親的臉孔不請自來地浮現在眼前，喚起四年前她扭轉我命運那一天的回憶。

「大聲唱。」母親命令，我應要求選了一首穀倉舞會時最受歡迎的小調，也是我唯一會唱的曲子，看到她失望地皺起眉頭，我的心像是要碎掉。

「這種水準連沒有天賦的村姑都能應付。」她說，那對眼眸和我的眼睛如出一轍，只是她眼裡的藍冷冽得有如嚴冬的藍天。

「跟著我唱。」她選了某一齣歌劇中的幾小節，美妙的嗓音讓人感動到幾乎流淚。

「現在換妳。」

我用心模仿，剛開始遲疑不決，後來逐漸增加自信心，我一句一句唱著，清脆婉轉的顫音就像黃鶯模仿橫笛的笛音。

母親露出笑容。「很好，希賽兒。」然後轉身面對站在角落裡聆聽的父親，開口說道。「等她滿十七歲的時候，我會帶她走。」父親想反駁，但她舉手制止。

「這孩子個性堅強，聰明伶俐，脫離尷尬的青春期後，肯定亭亭玉立，而且她的嗓子有如天籟之音。」母親的眼睛閃爍發光。「留在這種鄉下地方無異是浪費她大好的前途，這裡的人就算撞見天賦也是丟在牛糞上。我會安排不同的老師來蒼鷹谷教她——總不能讓她到時候貽笑大方，學到的禮貌跟乳牛的等級一樣。」

她轉向我，解開脖子上的金墜子，繫在我的頸項上。「美貌可以透過化妝，知識能夠靠學習，唯有天賦用錢買不到也學不來。妳擁有過人的天賦，親愛的孩子，等妳站在舞台上獻唱的時候，全世界都會愛上妳。」

我緊緊握著金墜子，瞪著迪勒可提夫人摔上的房門。

我相信全世界都會愛上我。

有人在呼喊我的名字，我快步衝下木頭樓梯，避開地上的水窪，奔向好朋友莎賓，她斜倚著柵欄的木樁，玩弄捲在手指上的秀髮，咧著嘴巴，笑嘻嘻地遞給我一籃雞蛋。「妳做到了。」

「咒語唸上一百遍總會成功的。」我抓住莎賓的手，拉著她走向馬廄的方向。

「我必須趕緊回農場，奶奶等著用這些蛋烤蛋糕，她預計今晚幫我辦一場惜別派對。」

莎賓沮喪地垮著一張臉。

「妳也在受邀之列，」我提醒她。「願意的話，妳可以跟我回家住一晚，我搭的馬車往崔亞諾途中會經過鎮上，明天早上可以順路送妳回來。」我說得順理成章，彷彿這輩子天天搭乘出租馬車旅行一樣。

「我知道……」她低著頭。「但是我媽駕著雙輪馬車去了雷納德農場，明天早上才回來。」

我做了個鬼臉，懶得建議莎賓套上馬鞍騎馬跟我一起回去——因為她對騎馬恐懼萬分。

該死！今天早上怎麼沒想到要套馬車而不是直接騎著花兒進城？早在幾小時前佛雷德克就應該從崔亞諾回來了，誰曉得他去了哪裡，至今依舊不見人影。莎賓或許會同意和佛雷德克共乘一匹馬，畢竟她暗戀哥哥那麼久。

「我忍不住覺得這或許是我們最後一次見面。」莎賓溫柔的聲音打斷了我的思緒。「一旦妳去崔亞諾和妳母親團聚，開始上台演出，參加各式各樣的宴會，從此就會把我和蒼鷹谷忘記了。」

「說什麼傻話，」我斷然否認。「我會常常回來把妳煩死，就像佛雷德克一樣，一放假就回家。」

「但打從過年到現在他都沒回來。」

這話不假，自從佛雷德克榮升少尉官階之後就很少放假回家。

「我自己騎馬回去。」

「噢，希賽兒，」莎賓搖搖頭。「這麼做違背淑女風範，人們會說長道短。」

「這樣對妳最好。」我提醒她。這時候馬僮牽著花兒走過來，我還不想離開，莎賓是我從小到大最好的朋友，想到以後不能天天見面，就覺得胃發寒、鼻頭發酸。

「我會快馬加鞭回去，把雞蛋交給奶奶，再套上馬車回來接妳。」我當下做了決定。「回去換那件藍色洋裝，我一眨眼就回來了。」

她咬著頭髮尾端沉吟。「我不確定……」

我直視她的眼睛久久不移開。「妳要跟我坐馬車一起去參加派對。」我的語氣非常堅定。

莎賓眼神渙散。在這短暫的瞬間，我全神貫注，腦中的一切變得鮮明無比：市場喧囂的噪音、腳下的硬土，輕拂而過的微風，撩動莎賓的髮梢，接著她嫣然一笑說：「當然要去，再忙我都不會錯過。」

只要意志夠堅定，必能克服所有的障礙。

我翻身上馬，輕輕抽動韁繩讓不安跳動的馬兒安靜下來。

「最多一小時，等我回來！」我一手拎著雞蛋，一手握住韁繩，腳跟一夾，往小鎮外圍馳騁而去。

農場位於蒼鷹谷邊緣不算太遠，足以讓我們被當成小鎮的一份子，相隔的距離又剛好可以沖淡豬圈的臭氣，不致冒犯那些不習慣鄉村生活的鎮民敏感的鼻子。

我本來可以一路快馬加鞭，但是中途決定讓花兒停下來喘口氣，馬蹄答答地踩在潮溼的土地上，蜿蜒的道路瀰漫著濃郁的松香，清風從山區吹拂而下，撩起我的紅色長髮在背後飄揚。

某種一閃而過的異樣吸住我的目光，我勒住花兒，掃視馬路兩側的樹林。熊與豹在這一帶出沒的消息時有所聞，但如果馬匹有嗅到掠食動物的氣味，肯定會驚嚇到難以掌控的程度。

清風在林間吹拂，彷彿聽見灌木枝折斷喀的一聲，但是我不敢確定。脈搏加速，焦慮的情緒沿著脊椎蔓延開來。是搶匪嗎？在大洋路如此偏北的地方很少聽見搶劫的事情，不過凡事都有可能。

「哈囉？」我大聲嚷嚷，抓緊韁繩。「有人嗎？」

沒有回應，如果有人意圖不軌絕不可能應聲。我心驚膽戰、恐懼驟升，這條路已經走過無數回，不論颳風下雨，艷陽高照，或是白雪覆蓋，就是不曾讓我有過一絲絲的恐懼。花兒似乎察覺到我的焦慮，不安地躁動著。

風勢再度揚起，這回不再輕柔，反倒像是氣憤的十指拉扯著我的頭髮，陽光躲在烏雲背後，引來一股寒氣，我的目光不由自主地轉向矗立在遠處的魔山。現在才走到回家的半途，不過傑若米．吉瑞德的農場就在附近，可以轉去那裡拜託他兒子克里斯多夫陪我回去。

如果灌木叢裡的聲音是松鼠或蛇爬過造成的，他會不會笑我是膽小鬼，一點噪音就變得神經兮兮？即便我已經很努力地證明自己的能耐，但眾人已經把我當成都市女郎看待，如果現在發生這種事只會印證他們的觀點沒錯。我轉身回顧來時路，不然就騎回鎮上等哥哥抵達再一起出發好了。然而萬一他在崔亞諾有事耽擱了，根本不能回來呢？

最後我決定疾馳回家，不管在樹林裡徘徊的人是誰，讓他來追吧。我將花兒轉過頭來，但忽然瞅到一道身影，我驀地扯緊韁繩，籃子從手中滑落摔在地上，蛋黃和泥濘攪和在一起。

裹著披風的騎士擋住馬路。

我的心臟揪了一下，花兒轉過方向，我把韁繩末端放在它的後腿。

「喝！」我大叫一聲，牠猛地往前衝。

「希賽兒！希賽兒！等一等，是我！」

這個嗓音很熟悉。我勒住韁繩的手勢輕柔很多，回頭一看。

「路克？」

「對，是我，希賽兒。」他的座騎快步而來，拉開斗篷兜帽露出臉龐。

「你鬼鬼祟祟地做什麼？」我不悅地大聲質問。「差點嚇死我。」

他聳了聳肩膀。「一開始不敢確定是妳，很抱歉害妳摔破那些雞蛋。」

一句簡單的道歉並無法解釋他在樹林裡窺視的行徑。

「你銷聲匿跡一陣子，究竟去哪裡了？」這是明知故問，因為他父親是獵場看守人，那座莊園就在我家農場附近，不到幾個月前，路克去了崔亞諾，哥哥和鎮上其他人都聽到風聲說路克鴻運當頭，靠著賭馬和上牌桌贏了不少錢，現在過著優渥的生活。

「四處為家囉。」他說，繞著我走了一圈。「聽說妳要去崔亞諾跟妳媽媽同住。」

「她明天派馬車來接我。」

「妳要去唱歌，上台演出？」

「對。」

他微微一笑。「妳的嗓音美如天籟，就像天使的歌聲。」

「我必須回去了，」我說。「奶奶在等我，還有我父親。」我猶豫了一下，遙望前方的道路。「如果你願意的話，可以陪我一起。」他最好拒絕，趕緊策馬前進好過於單獨和他站在這裡聊天。

「妳今天生日，對嗎？」他的馬和我的座騎並排靠在一起。

我皺眉。「對。」

「十七歲，妳成年了。」他把我上上下下打量了一遍，好像在檢視買賣的貨物、待售的馬匹，或是某種不堪一提的物品，然後自顧自地笑起來，我忍不住畏縮了一下。

「有什麼好笑的？」我心跳加速，直覺非常不對勁。拜託，希望路上有別人出現。

「我只是在想，幸運之神總在我們意料不到的時候來叩門。」話一說完，我還來不及反應，他就伸手抓住花兒的韁繩。「妳必須和我一起走，有幾個人非常期待認識妳。」

「我不要跟你去，路克。」我試著維持鎮定的語氣——不願讓他發現我的恐懼。「如果我哥哥知道你找我麻煩，肯定不會放過你。」

他左顧右盼。「真好笑，佛雷德克又不在這裡，這裡看來只有我跟妳。」

這一點他是說對了，錯的是他以為我會乖乖聽話跟著去。

我用靴刺踢向馬腹，花兒直立起來，馬蹄一踢，我順利擺脫了路克的手。

「喝！」我尖叫一聲，放馬朝路面馳騁而去，花兒察覺到我的恐懼，豎起耳朵，奔馳的速度比先前更快，但是路克人高馬大——如果留在路面上比賽，肯定輕而易舉就追上來。前方有一條狩獵小徑，我策馬轉進。

我躍過橫倒的樹幹，在矮樹叢中前進，頭髮或裙襬不時被樹枝勾住，只能任由牡馬奔馳，自己全神貫注壓低身體、坐穩馬背以免被摔下去。後方傳來沉重的馬蹄聲，夾雜著路克的咒罵和充滿惡意的威脅。

這裡逐漸接近吉瑞德家的農場，已經可以看到樹林前方那片空地，再過去就是農場。

「克里斯！」我放聲大叫，明知道距離太遠，他們不可能聽得見。「傑若米！」回頭一瞥，看到路克緊追在後，近得足以看清他勃然大怒的臉龐。

說什麼都不能讓他追上我，絕對不行！

這時忽然出現一根樹枝擊中我的胸口，我整個人往後飛起，花兒脫離胯下，我重重地摔在地上，兩眼盯著從綠葉之間灑落的陽光。

接著眼前一片漆黑，不醒人事。

2 希賽兒

當我睜開眼睛的時候只看到灰毛的前腿，身體隨著馬匹行進的動作上下震動，馬鞍的鞍頭頂得我肚子好痛，頭殼裡面似乎有上百個巨人在揮舞鐵鎚狂敲猛打，想要敲出一條活路出來。

這是哪裡？

我試著蠕動身體，似乎動不了，我的手腳被綑在馬背上，嘴巴裡塞了布條。路克。

恐懼就像衝垮水壩的洪流傾洩而下，我又踢又扭，竭盡全力試圖掙脫束縛，路克的馬受驚地歪向一旁，路邊就是濃密的樹林。

「如果我是妳的話就不會白費力氣。」路克一副好心的提醒，彷彿我們只是來公園騎馬兜風。「這匹馬有一個奇特的習慣，只要受驚就會人立仰起，那只會讓妳更加難受。」

我僵住不動。

「妳大概在納悶我要帶妳去哪裡，我也很想說，可惜這回的生意夥伴嚴格限制要求保密。」

我勾起脖子看他，挫敗的淚水無法控制地流下。他笑得非常得意，伸手拍拍我屁股。「反正妳也不想去崔亞諾，對吧？在舞台上表演的女孩不過是高級妓女，我看妳不像那塊料，蒼鷹谷比大城市適合妳。」

我垂著頭，臉頰貼住馬背，膽汁湧向喉嚨，我奮力嚥了回去，試圖克制反胃的感覺。如果嘴巴被堵住還嘔吐，穢物只會噎住自己。

冷靜思考，希賽兒，動動腦！

「我們到了。」

他翻身下馬，開始鬆開把我綑在馬背上的繩結，我盯著他的手，一直等到雙腳壓力舒緩之後，使勁一踢，正中他的臉。

「該死！」他大聲哀嚎。

猛地咚一聲，換我摔在地上。不過幾秒鐘，我就被靴子踢中肋骨，在地上滾了一圈，隔著布條哼叫。我抬頭看到路克臉上鮮血直流。我的手腕和腳踝依然被綑住——最多只能翻身坐起來。

「妳要乖乖跟著走，還是要自討苦吃？」他氣得咬牙切齒，掏了一條骯髒的手帕擦鼻血。「隨便妳，不管怎樣都要跟我去。」

「去哪裡？」隔著布條，我只能勉強咬字清楚。

他揚起下巴朝前方一努，我順勢轉過頭去，魔山不祥的影像矗立在上方，南邊斜坡閃閃發光，就像切奶油的刀子那般光滑，另一側是碎石岩塊，不時有石頭滑入大海。我驚訝地睜大眼睛，村裡的老年人常常提到石頭底下埋著無數寶藏，只是那座山受到可怕的詛咒，不時傳出尋寶人在岩石之間探勘的時候莫名其妙地失去蹤影，而且每一個失蹤故事的背後，至少會扯出十個不同版本的推論，究竟是誰把他們帶走，至今眾說紛紜。

路克丟下目瞪口呆的我，逕自牽著坐騎越過粗略圈起的圍籬，我使勁拉扯綁住腳踝的繩索，繩結打得很緊，偏偏我的指頭麻木無力。

路克正要卸下馬鞍，一臉心不在焉，我試著以手肘和膝蓋在地上爬行，隨即領悟這麼做根本白費力氣，不只速度太慢，地上還會留下明顯的痕跡。我乾脆直起身體，奮力扯掉嘴巴的布條，深吸一口氣，扯開嗓門尖叫。我的聲音在山邊迴盪，馬兒尖聲嘶鳴，驚惶跳開，狂奔到圍籬另一端。我再次尖叫，祈求附近剛好有人聽到。

路克一個箭步衝了過來，我勉強發出最後的求救聲，接著被拳頭打中臉頰，搖搖欲墜地往後栽，他揪住衣服把我拉起來再補一拳，我的臉龐腫痛，視線模糊。

「妳的肺活量還真好！」

我匍匐地爬行逃命，但他抓住繩子另一端把我拖下斜坡，裙子卡在腰間，我跪坐著喘氣。他解開腳踝的繩索，重新綁好，再把我身體翻過去，鬆開手腕的束縛。

「游泳是入山的唯一途徑。」他伸手抓住我上衣的領口，一把扯破，同時撥開我推拒的雙手。

「別擔心，希賽兒，妳可以保住貞操，這是他們明確的要求。」

「誰？」我追問。「你說的到底是誰？你要帶我去哪裡？為什麼？」

他搖頭以對。「答案很快會揭曉。」

他抓住繩索，把我拖進岩石下方的水池裡，水冷得像冰，不泅水的話只有溺斃。我大聲抽氣，嗚咽地啜泣，驚嚇和恐懼已經累積到一個程度，讓我覺得或許溺死也好，省得路克動手。他似乎意識到我的想法，竟然游回來扣住我的手臂。

「振作一點，希賽兒！我一路拖妳到這裡不是要讓妳哭到死去活來，岩石另一邊是洞穴，要進去必須往下游十呎左右才能鑽過岩石底部，妳做得到嗎？」

「你瘋了。」我哭到聲音沙啞。

路克潛入水面，用力扯動連著我腳踝的繩子，我差點來不及深呼吸就被拖進去。石頭摸起來又黏又滑，似乎永無盡頭。我使勁地游，放鬆的繩子給了我足夠的空間踢水。我不確定路克人在哪裡，只知道他依舊抓住繩索不讓我逃走，若不趕緊找到出口，就會憋到沒氣。

氣泡從嘴角溢出，自由地浮向水面，而我的肺卻像要燒起來一樣，迫切需要空氣。心臟越跳越快，水壓急遽升高，耳膜幾乎要爆開，石頭卻突然不見了，我一時失去方向感，在漆黑中慌亂摸索。

等我終於摸到岩石邊緣，正要鑽過去的時候，池水突然稠得像漿糊一樣，似乎要把我黏住，那一瞬間我全身酥麻，如同冒著暴風雨，佇立在山巔上，天空雷電交加，電光射向四處。我戰慄地掙扎，用力往上竄出。

繩子猛力扯動腳踝，害我頭下腳上，接著是一雙手扣住我的手腕，我的頭破水而出，救命的空氣感覺無比甜蜜。四周黑漆漆的，我摸到一塊突出水面的岩石，我緊緊攀住溼滑的邊緣，死也不肯鬆手。

我泡在冰水裡摸索粗糙的石頭表面，感受到洞穴裡空氣汙濁，溼氣極重，我聽見路克涉水而來嘩啦嘩啦的水聲。跟失去視覺的恐慌相比，其餘的感覺都顯得微不足道。我渾身顫抖，屏息等待。

「妳還好吧？」路克的嗓音打破寂靜。

「不好。」

緊繃的氣氛瀰漫開來，我暗暗詛咒自己這一路上每一個決定，如果一開始就快馬加鞭趕回家，或是更加奮力抵抗，該死地小心看路，或許就不會淪落到如此悲慘的地步。如今到了這裡，有小部分的好奇心驅使我想知道原因。

「你欠我一個解釋。」我說。

「對，妳說得沒錯，」他說。「不過先點燈再說。」

路克蹣跚地涉水前進，在黑暗中摸索，接著是燧石相互摩擦的聲響，微光一亮，這一刻的光明對我而言就像有一隻手把落水的船員拉出洶湧的海面，讓人感激涕零。我小心翼翼地爬出水池，緩步走過去。路克舉起小碎片點燃煤油燈，燈芯著了之後，再高高舉起照亮四周，微弱的光芒給人一種微小卻踏實的安心感。

洞穴不大，放眼所見都是石頭，除了我們穿過的水道，唯一的出口是另一頭黝黑的坑道。眼前除了一堆想必是路克上次帶進來的補給品和油燈之外，看不到任何的寶藏或黃金。

「嗯。」我說，雙手環抱身體抵禦寒冷，身上只有連身襯裙和靴子，泡水的布料很難發揮遮蔽的功能，曲線畢露讓我更加難堪。我並不期待路克據實以告，但他這個人自視甚高，真的回答了我也不意外。

「當然，當然，」他傾身靠近，油燈在臉上投下陰影。「這件事非常地不可思議，若不是親眼目睹，我也很難相信。」

「說重點！」

他笑呵呵，彷彿我說了什麼滑稽的事情。「好故事百聽不厭，可惜妳不懂得欣賞，好吧，那就長話短說。失落的厝勒斯城被我找到了。」

氣氛陷入沉寂，我完全沒想到他的動機竟然和虛構的神話城市扯上關係。

「你是在惡作劇，還是腦袋有問題？」

問題……問題……問題……問題……

我的嗓音在洞穴裡迴盪不已。我們兩人不約而同瑟縮了一下，不安地左右張望。

「厝勒斯沒有失蹤，路克，只是被埋在半座山那麼重的石頭底下。」我提醒他謠言的內容。

「對，」他瞇起眼睛。「是埋沒，不是毀滅，至少不是全部。」

「不可能，世界上沒有任何城市能夠承受那麼多石頭的重量。」

「這就是重點啦，」他挨得更近。「一如傳說中的故事：他們一直住在山脈底下！」

「他們是誰？」我問道，心裡既害怕又掩不住好奇。

路克的眼眸反映出橘色的火光。他舔了舔嘴唇，顯然很享受賣關子的快感。

「巨魔，希賽兒，他們就住在這裡！」

「那是童話故事，」我低聲呢喃。「用來嚇唬頑皮的小孩。」

路克哈哈大笑。「噢，他們真實存在，都是青面獠牙的醜八怪，樂意被我們當成夜晚的黑影，以防惹事生非的人類找麻煩，企圖偷走他們的寶藏。」

「寶藏。」

「對，他們房間堆滿黃金珠寶，多到數不清。」

「如果他們討厭人類，為什麼會給你機會偷窺他們的財富？」我問道，然後暗暗地觀察周遭的環境。水池在正後方，只要趁路克沒留意的時候，潛進水底，就有逃生的機會。我可以躲進樹林裡等天黑，再找路回農場，如果父親沒有先找到我的話。

「我們……討價還價的時候，國王陛下讓我大開眼界。」

「國王陛下？」我仰頭狂笑好幾聲，手掌支撐著地面，因為石頭地有點傾斜，如果重心往後傾，一不留神就會摔進水裡。「沒聽說巨魔還有皇室統治！」

「噢，是的，」他說。「就是他們出高價買妳。」

我倒抽一口氣。「為什麼？」

「用黃金。」他誤會我的問題。

「他們要我做什麼？」我低語。

路克聳了聳肩膀。「以他們同意的價碼而論，就算把妳丟進鐵鍋，我也無所謂。」

按照神話故事的描述，巨魔就是把人活生生地丟進滾水裡，就像在吃手扒雞，最後剩下的就是煮到發白的骨頭。

我驚惶地爬回水邊，顧不得在石頭上摩擦龜裂的指甲，滿腦子想到的都是駭人聽聞的恐怖死法。我寧願承受路克的拳打腳踢，也不要面對被野人生吞活啃的命運。我朝水池邊奮力爬行，但是路克緊抓繩子不放，我的力氣遠不如他。

「救命！」我大叫，叫聲在水面和石穴中迴盪，前後回音混在一起，彷彿有十幾個人形的幽靈，聯手嘲笑我的求救是白費力氣。

路克用力甩了我一巴掌。「閉嘴，不然我就堵住妳的嘴巴。」他指著燈籠命令。

「把它撿起來，開始往前走。」

我只能聽命行事，即使手指頭已經凍到近乎麻痺的地步。

本來以為就是直直地走向洞穴深處，事實卻大相逕庭，山脈底下的坑道和山縫錯綜複雜就像迷宮，很多都是此路不通的死胡同。地面高高低低，都是崎嶇的石塊和碎石礫，一不小心踩到石頭間的縫隙就可能跌斷腳踝，或是摔進裂縫裡，每一步都得小心翼翼。背後有綁架我的惡人，前方還有跌斷脖子的危機。溼答答的襯裙黏著身體，很難在潮溼漆黑的環境裡風乾，自然也無法保暖。燈籠的光芒跟著我一起顫動，在石頭上投射出詭異的陰影，我的心臟跳得飛快，幾乎要蹦開來。

每一個交叉路口的岩壁上都刻劃著印記或符號，數也數不完。有些顯然是警告或方向的記號，有些則是毫無意義的符號。理性的邏輯超越了恐懼的情緒，我清楚知道如果有逃脫的機會，就必須學會如何找路。

「這些記號是誰刻上去的？」我問道。相對於許久的寂靜，我的音量聽起來似乎很大聲。我故作鎮定，避免挑釁的語氣，有時候路克很容易就被激怒，我必須引導他繼續說下去。

「尋寶的人，」他拿刀子指著一個奇特的記號。「每個人都有自己的記號，註明他認定的捷徑，也有可能是最安全的走法。」他修正。

石壁上的符號旁邊有一個箭頭指向右邊，那條坑道窄得就像長形的孔，連我要通過都有困難。還有五六個符號旁邊的箭頭指向左側的通道，比較起來既寬敞又好走。

「為什麼不走另一條？」

路克搖搖頭，指著記號下方那兩道波浪起伏般的線條。「這個記號表示那條路上有死妖出沒，也有可能是碰見牠們留下的殘骸。」

「死妖是什麼？」

他不安的反應讓我的恐懼往上竄升。

「避之唯恐不及的龐然大物。」他說。「同樣的問題我也請教過巨魔，他們只說如果真的遇見，肯定不可能活下來跟別人吹噓牠們的長相，可見連巨魔都怕牠們。」他指著右邊。「狹小的空間比較安全。」

我舉起燈籠照向左側，短短幾英呎的可見度並不能證明裡面沒有死妖或是其他更可怕的生物。我貼緊牆壁，勉強擠進縫隙裡。

狹小的空間漫長地往前延伸，前進緩慢而且讓人筋疲力盡。等到空間稍微寬敞一些時，我鬆了一口氣，跪在溼地上喘息。不久之後路克跟著擠出來，一樣筋疲力竭，一臉髒兮兮，我猜自己的模樣也好不到哪裡去。

「我們要繼續趕路，」他說，從裝水的皮袋裡灌了一大口再遞給我。「巨魔希望我們入夜前抵達那裡。」

無庸置疑，這個提醒起不了激勵作用。

「是誰告訴你這裡有地道？總不可能是某一天你突然心血來潮，決定爬到地球中心點，看看是否能從另一邊爬出去？」

路克嗤之以鼻地冷笑。「巨魔有辦法確保知道的人都對這裡的事情守口如瓶。如果妳有機會抵達厝勒斯城，同時他們認定妳有活下去的價值，沒有當場殺妳滅口的話，就會用咒語逼妳發重誓，終生保守祕密，所以我不能告訴妳。巨魔把誓言看得神聖無比，不會輕易放過背棄約定的人。我們最好加快腳步前進。」

我坐在原地，文風不動。

路克氣急敗壞地雙手一攤。「好。我是因為留意到亨利那個老頭一輩子沒幹過正經事，卻有用不完的銀子去城裡喝酒，本以為他把財寶埋在森林某處，於是開始跟蹤，這才發現這些年來他都神不知鬼不覺地跟巨魔交易賺錢。」

「什麼交易？」

「書籍買賣，意外吧。」

「你呢？你提供他們什麼？」

路克聳了聳肩膀。「零零星星的，什麼貨物都有。他們花錢花得慷慨，可惜這個路途危機四伏，後來聽說他們在找一個像妳這樣的女孩，我就知道自己挖到寶了。果然沒錯，我漫天開價，但他們二話不說就答應了。」

滿腔的怒火超越挨揍的恐懼。他出賣我，毀掉我的人生規劃，只因為他的貪婪。我氣得踢出一腳，厚重的靴子正中他的膝蓋，我看著他滾下斜坡邊緣，失去蹤影，不幸的是他沒有鬆開繩索，一路把我往前拖，直到雙腳懸在邊緣上方擺盪。

「妳就是不肯放棄掙扎，對吧？」路克跌坐在四呎下方的爛泥堆上，一股濃烈的惡臭撲鼻而來，他不是孤身一人坐在那裡。

「看來你多了一個朋友，」我氣沖沖地指著躺在他旁邊的骷髏，「可惜的很，你沒有落到跟他一樣的命運。」

路克低頭一看，嫌惡地皺起臉，然後好奇心大起，仔細觀察那副遺骸。「把煤油燈照過來，希賽兒，真不敢相信在此之前自己竟然沒發現。」

我別無選擇，只能乖乖聽命，不從的話，只會逼他把我從斜坡上拉下去。從骸骨的情況判斷，這個人至少死了好一陣子，看得我頭皮發麻，渾身起雞皮疙瘩。

「那種黏糊糊的東西是什麼？」

「不知道——以前沒見過。」他的語氣惴惴不安，驚懼的情緒像瘟疫一樣籠罩著我。

「這條路你走過幾次？」我問道，愕然領悟我們或許迷了路，他卻不知道。他沒有機會回答我的問題，洞穴裡突然傳來奇特的怒吼，聲音如雷貫耳。

吧——隆——

回音逐漸消逝，取而代之的是某種沙沙的聲音朝著我們滑行而來。某種巨大的物體爬行的聲音。

路克驚恐的眼神轉向我，低聲示警。「快跑！」

3 希賽兒

恐懼或許有如虎添翼的效果，可惜魔山底下錯綜複雜的迷宮讓人只能匍匐前進。我們蠕動身體越過石塊和碎礫，靴子在鬆動的石頭上打滑，還得隨時留意窸窣的沙沙聲。死妖緊追不捨，速度似乎足以趕上，卻又落在後方。每每以為快要擺脫的時候，繞過轉角又聽見窸窣滑行的響聲，牠們如影隨形，迫使我們倉皇倒退，或是改變逃命方向——感覺就像貓捉老鼠、順便戲弄獵物一番。倘若沒有早期留下的刻痕，我們肯定迷失方向，倦怠感逐漸侵入四肢百骸，等到筋疲力竭，死妖也趕上了。

我們站在三叉路口，累得上氣不接下氣，拚命喘息，路克仔細檢視記號。

「這一條，」他低語。「再走一小段路就是一個小洞，只能匍匐行進，過了之後就是厝勒斯城，死妖進不去。」

吧——隆——

我正要邁步走向他手指的方向，路克把我推到一邊，搶先一步抵達窄小的洞窟，趴在地上蠕動身體鑽入，小背包卡住邊緣，迫使他再次退出來、褪下背包塞進洞裡。

刷、刷、刷。

吧——隆——

妖怪逐漸逼近，嘶吼聲洋洋得意。

「快點，快點，快點。」我驚慌地催促著，不斷回頭查看。

刷、刷、刷。

現在洞口只看到路克的雙腳，我跪在地上，預備等他讓出空間立刻爬進去。

刷、刷、刷。

路克的後腳跟終於失去蹤影，我最後回頭一瞥，油燈光芒照在轉角的妖怪身上，牠的尾端豎起，就像白得發亮的巨型蛞蝓，張開血盆大口，探出細長的舌頭，嚇得我慌了手腳，不顧一切地鑽進洞口，油燈掉在地上，火焰熄滅。

洞窟裡烏漆抹黑，伸手不見五指——只聽到前面爬行的路克不停地詛咒，後方傳來死妖移動的窸窣聲。我加快速度，不確定爬了多少距離，也沒注意到後腳踝是不是還露在外面，會不會不幸被死妖抓住。

吧——隆——

感覺某種龐然大物撞上腳底，巨大的力道把我往前推擠，撞上路克的腳。我嚇得鬼吼鬼叫，「快點！牠來了！」

吧——隆——

我們拚命往前爬，妖怪在石壁裡橫衝直撞，地道被震得上下顫動，我歇斯底里、又哭又叫，滿臉眼淚鼻涕，使勁地推擠路克，試圖穿過狹窄的洞穴。

即使他已經抵達另一頭並把我拖出洞口，我仍然嚇得心驚膽跳，無法立刻冷靜下來用腦思考。這一回真的命在旦夕，不只遭人綁架，綁匪還這麼愚蠢，竟然沒辦法安全地把我送到他預計販賣人口的目的地。一切都是白費力氣，我死不瞑目。

「我恨你，」我聲音沙啞，用力吞嚥著口水再一次重複。「我恨你，」咬牙切齒還不夠，我大聲嘶吼。「我恨死你了，路克！」

「油燈在哪？」他語氣冷靜，不帶一絲情緒，但我感覺到他撿起繫住腳踝的繩索。

「掉在坑道口，跟死妖在一起，歡迎你回頭去找。」

他被妖怪吃掉的畫面並沒有讓我更好受，反而留下我孤伶伶地面對漆黑的洞穴，失去時間和方向感，安然離開的機率渺茫至極——最終餓死在這裡，沒有人知道發生什麼事情。

路克呻吟一聲。「笨蛋！現在要怎麼辦？」

他在背包裡窸窸窣窣地到處翻找、摸索，彷彿在全黑的環境裡還可以看見東西一樣。

或許不是黑到完全看不清楚。

遙遠的地方現出一道銀光，宛如招人過去一樣，應該是月光。有月光代表有逃脫的生路。

「放開繩子。」我低聲說道，祈禱的能量灌注到說話的嗓音裡，帶出恐懼所欠缺的力量。

「什麼？」

「我說，放開繩子。」

水聲滴滴答答，路克的呼吸聲變得平穩安靜，冷風吹來，皮膚有一股寒意，腳踝的繩子鬆開了。

還來不及拔腿狂奔，銀光已經來到眼前。還有別人在坑道裡面。

「搞什……」路克剛要開口，隨即嘀咕一聲，從背後一個擒抱把我撲倒。

「救命！」我驚呼一聲，被他的塊頭壓得無法呼吸，硬是把手肘擠進身體下方，微微挺身，倒抽一大口氣放聲尖叫。路克的拳頭毫不留情的擊中我的後腦，臉龐撞向石頭地，我的尖叫聲已然在石壁周圍迴盪。救命……救命……救命……

我試著翻身抵抗，路克持續攻擊我的後腦，我被打得頭昏腦脹、眼冒金星，眼前突然閃過一道光，路克的重量忽然消失，只聽見含糊的「哎呦」一聲，就看到他倒在旁邊痛苦地呻吟，我也跟著哀嚎，全身無處不痛，但應該沒有骨折，還能走動。

「我相信協議的內容不包括把人揍得鼻青臉腫，路克先生。」

我直起身體，抬頭望著背對月光、站在眼前的人影。

「救命，」我拉著陌生人的斗篷一角哀聲懇求，「拜託救救我！他把我擄來這裡，預備賣給巨魔！」

「是喔？」他講話的腔調抑揚頓挫、充滿感情，有一絲宮廷的貴氣，沒想到王公貴族會自甘墮落，也加入尋寶人行列。不過輪不到我批評論斷，只要他肯伸出援手就夠了，我手腳並用地爬過去，躲在他背後。不管是誰都好過路克那個渾球。

他的後腦上方有一盞燈，不，不是油燈——而是漂浮在半空中的光球，突然轉彎懸在我的臉頰旁邊，照得我眼花撩亂，這光球的熱度不像油燈，只有微溫。

「妳的傷勢嚴重嗎，卓伊斯姑娘？」

我本來好奇地想伸手去摸光球，聽見他這句話，我立即把手縮回來，他怎麼會知道我的姓氏？我直視他的雙眼，不對，是單眼，因為他的站姿很特別，臉龐撇向一邊，僅僅露出側面。年紀似乎和我哥哥不相上下，長得英俊非凡，銀灰色的眼眸映出球體的光芒，火光似乎來自人體內部，我從來不曾見過那樣的眼睛。

「恕我眼拙，先生，您知道我的名字，我卻不知道您貴姓。」我心跳加速，直覺不太對勁，恐懼勾起自保的敵意，像小狗迎敵似的龇牙咧嘴、上下打量對方。他是何方神聖？跑來魔山底下的石窟裡搞什麼勾當？

「請見諒，姑娘，我忘了自我介紹，我是馬克．畢倫，柯維爾伯爵。」說完，他的注意力轉向路克。「你的任務是把她毫髮無傷地帶來這裡。」

「她還活著就不錯了，我們差點被死妖吞進肚子裡。」路克反唇相譏。

「以你們兩個相處的模式，沒有碰上半打死妖緊追不捨算走運了。這一路你們大聲嚷嚷，吵得天翻地覆，即使遠在厝勒斯都聽得一清二楚！」

「不，」我喃喃自語。「不，不，不。」直覺叫我拔腿就跑，可是要往哪裡跑？漆黑不見五指，沒有燈光，背後有死妖擋路，前面是這人來的地方。他是……我站起身，怯弱地縮向牆壁。

「你……他是……」我顫抖地聲音說。

「沒錯，希賽兒。」路克終於發現我結結巴巴、自言自語。「他是巨魔。」

「可是你說他們都是妖……」我咄道。

巨魔突然轉過臉來，和我面面相覷，妖怪兩個字卡在我喉嚨，讓我只能發出尖叫聲。路克說得沒錯，他真的是妖怪。

4 希賽兒

他兩側的臉頰單看都是完美無瑕，正面看就像裂成兩半的雕像勉強拼湊回去，可惜拼歪了，兩邊不對稱不僅顯得奇形怪狀，甚至有點噁心。他的眼睛一高一低，耳朵左右不齊，嘴角永遠是嘲諷式的扭曲，我嚇得往後跳，蹦進路克懷裡，他骯髒的手平靜地壓住我的嘴巴，摀住我的尖叫聲。

「這樣不夠聰明喔。」他低聲提醒，把手收回去。

「對不起，」我又重複一遍，一時想不出其他的辭句。「對不起。」

沉默延續，等我終於抬起頭，光球已經回到他背後，他的臉龐再度隱入陰影中。

「來吧，」他說。「他們在等妳。」

他突兀地轉身走向地道另一頭，斗篷隨之揚起，稍稍猶豫了一下，朝我伸出手肘。「姑娘，請吧。」

我不想接受邀請，這麼做意味著同意和他一起走，回頭凝視來時路——相信地面上的父親和親朋好友肯定焦急萬分、四處搜尋我的下落。他們不會想到路克把我帶進這裡，如果要脫困只能仰賴自己的智慧和決心。現在還不是時機——必須趁他們沒有防備的時候。

「相信我，姑娘，我絕對不會傷害妳。」

他說話的語氣讓我相信他的誠意。我深吸一口氣走過去，搭著他的手臂，冰冷的手指觸及織錦的外套布料，感覺溫暖滑潤，還有一股讓人不敢小覷的力道——就像父親帶我去看馬戲團表演的時候那隻被關在籠子裡的老虎。

然而這不是我渾身震顫的原因，就像夾帶沙子的狂風刺得人很痛，或是雷雨交加時空氣中充滿靜電一樣，一股奇特的能量罩住我全身。我從來不曾想過會遇到這樣的事情，這個地方的確有魔法存在，力道足以舉起一個成年人，或照亮漆黑的洞穴。也許我不假思索就相信一切顯得過於天真，但是直覺告訴我巨魔擁有奇妙的魔法。

伸舌舔過乾燥的嘴唇，目前唯一的選項就是配合演出。「那就不要讓他們等候太久。」

⚜

他護送我們在錯綜複雜的坑道裡穿梭，每次轉彎都滿懷自信，雖然在我看來都差不多，很難區分，迷宮的設計無疑是把人引進來，卻不容易出去。即使百般壓抑著情緒，我依舊忍不住戰慄。

巨魔低頭瞥了我一眼，不發一語地抽回手臂，解開斗篷，用暖意裹住我的肩頭。

「謝謝。」我拉緊柔滑的布料包住身體，一隻銀眸直視我的眼睛。他微微仰起頭，把我的視線局限在他側面輪廓上，不確定這是他一貫的姿態，或是為了我的緣故——特意隱藏畸形的缺陷。

「不客氣，」他說。「我收到的命令就是要確保妳受到良好的待遇。」

身後的路克嗤之以鼻地冷哼一聲，我置之不理，再次搭著巨魔的臂膀。

崎嶇的地面逐漸平坦，石頭光滑的程度意味著許多年來有數不盡的腳步在這條路上來來回回。地面最後和鋪好的磁磚接軌，黑、灰、白三色的馬賽克構成了流線型的圖案。牆壁上有一條清晰可見的水平線，描繪出自然山脈和人們堆砌而成的碎石之間的接縫處，或者該說是巨魔堆砌的才對。線條跟著我們的步伐一同往上攀高，彷彿有一股隱形的力道托住陷落的山脈越升越高，碎石堆裡浮現城市的街道，我的指尖順著空蕩蕩的接縫處輕輕描畫，隨即錯愕地縮手回來。

是溫暖的觸感。

我不放棄，再一次伸過去試探，指尖深入縫隙，熱熱的液體裹住肌膚，似乎觸手可及，又不像真的。我想捧一些出來看看，魔法卻在指縫間流轉，固定在原處不動。接縫繼續升高，終於摸不到了。

「魔法托住了這座山。」我喃喃自語，仔細查看周圍的石壁。

「是的，」巨魔同意我的說法，「那是大樹的一部分。」

大樹？

抬頭一看，發現他一直在觀察我，眼神帶著思索，有點品頭論足的意味，裡面有一絲憐憫喚醒我心中的恐懼。為什麼帶我來這裡？路克和巨魔究竟敲定什麼交易，和我有什麼關係？

繞過轉角，前方的鐵門擋住去路，鐵門那頭又有一簇銀光，這回我知道那不是月亮。一陣輕風從通道吹拂而來，霧氣在臉頰留下溼意，隱約可以聽見瀑布的水聲。好奇心勝過畏懼，我逕自鬆開巨魔的手臂，穿過大門，外面就是突出的岩壁，洞窟大得嚇人，我雙膝著地，瞠目結舌凝視著下方的山谷。

失落的城市，厝勒斯。

「石頭的天空。」我呢喃。

「只有石頭，沒有天空。」路克在背後下評語，身旁的巨魔氣得雙手握拳，然而路克說的是不容否認的事實，洞窟裡面一片漆黑，天空也是石頭構成的，當然沒有星星，也沒有明月。

「走這邊，姑娘。」他拉著我站起身來，三個人一起走下巨大的台階。

樓梯旁邊豎立的水晶燈柱不時射出銀色光芒照路，山谷的周邊呈現階梯狀，每一層都有成排的白色石頭建物，不過最讓人歎為觀止的景象是一道瀑布從漆黑的高處奔瀉而下，於山谷下方形成洶湧的河流，水聲淙淙在洞穴中不住地迴盪，喧嚣的噪音足以讓人發狂。我忍不住納悶巨魔怎麼受得了這種永無止境的噪音。

我突然領悟。「那是惡鬼鍋！」

「我們稱呼它為天堂之門。」巨魔低聲指正，反諷的意味濃厚。

惡鬼鍋的故事家喻戶曉，就是俗稱的布魯爾河河道(注)穿過魔山和它南側的山脈之後，流經高低落差的岩石，突然消失在地底的洞穴之中。聽說以前就有一個公爵花錢雇了一名乞丐坐進木桶裡面，勇探大黑鍋，十二年後，乞丐現身在崔亞諾，眼神爍爍、精力充沛，只是說不清楚他究竟去了何處。

「晚上好，馬克爵爺。」

突如其來的嗓音嚇得我跳了起來，睜大眼睛望進暗處，一顆發亮的球體迎面而來，速度不疾不徐——還有一個模模糊糊的形體一拐一拐地移動前進。等到對方終於跨入我們的光線範圍時，我必須咬住嘴唇才不致發出驚叫聲。依附在中間軀幹上的肢體萎縮、變形，跛腳前進的姿態搖擺得很厲害。他伸手輕觸水晶燈柱，火光亮了許多。

「你好，克萊雷斯。」身旁的伯爵溫柔地回應，拉著我走向另一層台階。

「就是她嗎？」那位扭曲的巨魔問道。

「答案很快就會揭曉了，我想。」馬克的語氣示意最好不要再追問其餘的問題。

號稱克萊雷斯的怪物用那對銀色的眼珠仔細把我打量一遍，似乎在盤算我吃起來味道如何，我畏懼地避開，等到終於有勇氣回頭去看的時候，妖怪已經搖搖晃晃地走掉了。

「那句話是什麼意思？」詢問時我瞥了他一眼，伯爵沒有回應，我搜索枯腸考慮各種可能性，找不出任何理由足以解釋他們煞費苦心把我帶來這裡的原因。

一條乾淨到無可挑剔的街道蜿蜒繞過山谷邊緣，伯爵不走那條路，反而選擇順著漫長的石階步向河邊。這裡的石頭工藝真是前所未見，任何一面都是精雕細琢的圖案，顯然要花上幾百年的時間才有這樣的成果，我猜他們有的是時間。

每一個角落都有噴泉和雕像，應該是花圃的地方換成玻璃花園，雕琢出各式各樣的樹木、矮樹叢和百花。這麼精緻的作品如果暴露在地面大自然的環境底下，苦心營造的心血不用一個月就摧毀殆盡，不過話說回來，厝勒斯應該不必擔心冰雹或暴風雪肆虐。

這裡美雖美，卻缺乏欣欣向榮的生氣，除了我們三個和克萊雷斯之外，城裡一個鬼影都沒有。

「其他人在哪裡？」我低聲詢問。

「已經過了宵禁時間，」伯爵應道。「他們都在屋裡。」他指向一棟建築物，這時窗簾被人猛然拉上，窗簾闔起之前我留意到有一對螢光般的眼睛直勾勾地盯著我看。

注：Brule river，真正的布魯爾河位於美國明尼蘇達州，流域廣大，形成諸多瀑布，其中一個瀑布在蘇必略湖附近掉入所謂的惡魔之壺（Devil's Kettle）的巨型坑洞中，就此消失無蹤。

「這倒新鮮。」路克咕噥著，我忐忑不安地環顧街道兩旁那些漆黑的窗戶，既然知道他們在屋裡，就能更加感覺到每一雙打量的眼神。

伯爵一手握住劍柄，神色緊繃、滿懷戒備地掃視周圍的環境。

「我們要加快腳步，不要隨便逗留。」他拉長步伐，逼得我要小跑步才能跟上速度。

皇宮就矗立在霧氣氤氳的河邊，直到這時候他才卸下心防，鬆了一口氣。黑暗讓我無法判斷宮殿的宏偉程度，只知道大得出奇。鍍金的宮門旁邊各有穿著盔甲的巨魔鎮守，大理石雕像和玻璃工藝夾道展現風華。皇宮的入口聳立在前方，在伯爵的銀光照耀之下，黃金白銀閃閃發亮，奢華壯觀的程度連位於崔亞諾的攝政王府第都望塵莫及。然而最讓我怵目驚心的是周圍一片沉寂，沒有馬蹄響，沒有狗吠，沒有任何的喧囂，只有奔瀉而下的水聲和巨魔身上的銀光如影隨形。

「這邊請。」伯爵說道，帶頭穿越沒有衛兵鎮守的入口，進入皇宮裡頭。

宮殿比外面更加陰暗，唯一的照明就是和巨魔亦步亦趨的小光球。

「你們每個人都有一盞燈嗎？」我問。「它是怎麼運作的？」

他望了銀光一眼，球體的光芒變得更大更耀眼，突然一分為三，然後又合為一體。「這是魔法，」他說。「很難解釋。」

我沒有機會再問其他的問題，就來到一扇門前面，一個巨魔負責看守，不對……應該是兩位？我試著不要大驚小怪，無禮地盯著對方不放，只是從來沒看過雙頭人。

兩顆腦袋同時敬禮，對著伯爵招呼道：「爵爺。」我因此斷定是兩位。

「我建議妳不要主動開口，有人問妳再回應。」經過長廊時馬克低聲提醒，回頭望著路克又補充一句。「你也一樣。」

靴子踩在磁磚地板上喀喀作響，聲音在洞穴般的房間裡迴盪，牆壁是一面面的鏡子，反映出我受盡驚嚇的表情。支撐天花板的柱子旁邊各有一盞金色的落地燈，雕刻成神話中虛構的生物，眼睛射出巨魔的銀光。天花板漆成一幅溼壁畫，但是光線太暗，壁畫的細節看不清楚。

前方高台上那兩位巨魔把我的目光引過去，兩個人南轅北轍，形成強烈的對比。男的坐在寶座上，精確的說法是靠在上面，因為裹著絲綢的那一大坨肉球根本塞不進椅子的扶手。男巨魔目不轉睛地盯著我看，閃爍的眼神顯得狡猾而精明。

旁邊那一位則是出奇的美麗，捲曲的黑色長髮像瀑布一般籠罩著珠光寶氣的天鵝絨禮服，只是表情茫然而且心不在焉，唯有嘴角露出朦朧的笑意，令我忍不住顫慄。

伯爵停住腳步，深深一鞠躬。我在旁邊，笨手笨腳地行屈膝禮。

「陛下，請容我介紹希賽兒．卓伊斯小姐。」

癡肥臃腫的國王瞇起眼睛俯瞰打量，伸手在太陽穴旁邊揮了一下。伯爵匆忙拉開斗篷的兜帽。

「嗯，」國王一臉怪樣。「我們處心積慮就換來這樣的成果嗎，孩子？我期待的是一位略有姿色的女孩。」

若不是因為嚇呆了，我會覺得這是侮辱。伯爵出面解圍。「這一路她走得很辛苦，陛下，不只差點碰上死妖，還被嚮導拳打腳踢地虐待。我相信等她清潔乾淨，稍作打扮之後，應該是個大美女。」

巨魔國王對我姿色的評語不是重點，唯有馬克伯爵的辯護讓我非常感激。他的語氣暗示他並不贊同這種對待我的方式，也保證他絕對不會傷害我。在伯爵和國王之間，馬克應該是我在這裡最有可能的盟友人選。

「嗯、嗯。」國王上下打量，瞇起銀色的眼眸。「骯髒的外表底下似乎還有一點看頭。」

「讓我瞧一眼。」突然有一個尖銳的嗓音大聲嚷嚷，我環顧周遭搜尋聲音的源頭。「轉過去！」對方命令，我依言轉一圈。

「不是妳，女孩。」國王說道。

我轉而面對王座，卻被眼前所見嚇得頭暈目眩。

「噢，天哪，」我驚呼。「噢，天哪……噢，天哪。」

出聲命令的源頭是皇后，從她背後冒出一個洋娃娃大小的婦人，揮手示意我靠近。「過來這裡，女孩。」

我震驚地杵在原地，膝蓋僵硬無法動彈，劇烈的心跳聲和瀑布的噪音不相上下，皇后倒退走的姿態笨拙生硬，裙襬纏住腳踝，隨時都有摔成四腳朝天的可能。馬克急忙向前攙扶，預防災難發生。我的腳頓時好像生了根似的。

嬌小的巨魔皺起眉頭。「經過這麼多年的練習，還以為妳應該學會倒退走的技巧了，美妮妲。」

「謝謝你，馬克。」美妮妲皇后的聲音聽起來很悅耳，她對背後那位雙胞胎姊妹的嘲諷置之不理，繼續拖著腳走路，直到小一號的連體嬰和我面面相覷。

「我是費爾翠女公爵，希薇．高登。」她那幼童般大小的手掌捧住我的臉龐，我嚇得尖叫，衝動地想要拍掉她的手。她定睛看我，銳利的眼神似乎能夠探入我的靈魂深處。「就是她。」

「確定嗎？」高高在上的國王問道。「她的臭味讓人不敢恭維。」

「她符合預言聲明的條件。妳會唱歌，對不對？」嬌小的巨魔問我。

「是的。」我沙啞地回應，不知道有什麼相干。「你們抓我來做什麼？」

「哦，把妳和我們親愛的崔斯坦聯結在一起。」女巨魔微笑以對。「妳將成為厝勒斯的王子妃，為他生兒育女，解放我們得以自由。」

我眼前天旋地轉，使勁撥開她的手。一群怪物無聲無息地聚集在背後，目睹我跌跌撞撞、半摔下樓梯。不是每一位圍觀的人都長得畸形怪狀，但他們全都是怪物，我不只要嫁給其中一位，還要跟他生小孩，這不是我夢寐以求的生活。我應該在前往崔亞諾途中，追求畢生的夢想上台演唱，而現在事與願違，不只失去了家人、朋友和美夢，還被告知這輩子將永遠活在惡夢裡頭。

背後有些動靜，路克傾身遞來一條手帕。「往好處想，至少妳會變有錢，多到用不完。」他湊近我耳邊呢喃。「只要閉上眼睛想像滿屋子的黃金。」

我朝他吐口水，一坨沾有嘔吐穢物的唾液沿著他的臉頰滑下，他舉起手來作勢要給我一巴掌，但手臂卻僵在半空中無法動彈。

「不許你動粗，路克先生。」矮小的巨魔眼神冰冷、面無表情。

「妳無法逼我這麼做，」我爬起身來。「我要回家。」

女公爵眉頭深鎖，看不出來是出於同情還是怒火填膺。「從今以後這裡就是妳的家，希賽兒。」

「不。」我狂亂地搖頭拒絕，顧不得臉上涕淚縱橫。「我寧死不要。」

她偏著頭說道。「撂狠話對妳沒好處，孩子，只會讓我們日夜派人監控，確保妳不會自殘。」

我拔腿就跑，狂奔下樓，不到半途就有一股溫熱的力量捲住我的腰，將我舉到半空中。我失聲尖叫，聲音卻突然被球堵住，唯一的解釋是魔法的力量硬把嘴巴塞住。接著彷彿有一條隱形的繩索凌空把我扯過去，垂在皇后的連體嬰姊妹面前，讓我幾乎喘不過氣。

「妳這樣是為難妳自己。」

四肢被綁，身體懸在半空中，嘴巴還被塞住，讓我很難再有任何形式的抗拒，只能用眼神表達強烈的怨恨和怒火。

矮小女巨魔看了呵呵地笑。「不錯，我必須承認妳很有勇氣。」

國王突然站起身來。「大家一致同意先讓崔斯坦看看這個女孩，或許他根本看不上眼。」

「怎麼可能會是她？」有人在背後放冷箭，語氣十分鄙夷。「她是人類。」

我拉長脖子想要看清楚是誰在說話，發現對方年紀稍長，黑髮有些灰白，外表和其他巨魔迥然不同，沒有任何缺陷和畸形，就像普通人，但一看就知道他是異類。那帶著金屬光澤的眼睛射出強烈的敵意，我不由自主地迴避。

「人類是必要條件，沒有協商的餘地，」國王咄道。「如果要徵詢你的意見，安哥雷米，我會自己問你。」他轉向女公爵。「妳確定這麼做真的能奏效？」

「如果預言的詮釋正確無誤，那就沒錯。」她說。

「真諷刺，不是嗎？為什麼只有崔斯坦一個人目睹這段預言？」被稱為安哥雷米的巨魔緊咬不放。「除非妳也記得相關細節，希薇？」

女公爵搖頭以對。

「我也在場，」皇后聲音清脆地打岔。「雖然我的記憶力大不如前。」

除了我，沒有人留意到她的話，而我迫切地渴望能夠多了解一些自己被帶來這裡的原因。那是怎樣的預言？跟我有什麼相干？是隨便抓一個人類女孩，或是另有內情？嗯，如果他們鄙視人類，那又為什麼要讓我跟王子結婚？雖然她不是用這個字眼——而是說我跟他聯結在一起。那句話是什麼意思？

「我親自問過崔斯坦，」國王說道。「姑且撇開其餘的疏失，至少那孩子觀察入微，注意力鉅細靡遺，一點誤差都沒有。」

「我沒說他弄錯，」安哥雷米說道，「只說他這麼做或許是故意的。」

「夠了！」國王揮手指向大門口。「讓他自己看，只要他滿意，我們就進行。」

「他會的。」女公爵的聲音很輕，但我聽到了。「記住我的話，這個女孩將會撼動厝勒斯最根本的核心。」

❦

我們沿著長廊依序前進，精確的說法是他們走路，我飄浮在後面。正常情況下，我應該會急於體驗這種沒有重量般的飛翔經驗，只是一想到未來悲慘可期的命運，新奇的感受便被摧毀殆盡。

皇后走在前面，我和她的連體嬰姊妹面對面。我一路上心思意念動得飛快，思索著各式各樣的可能性，越想越覺得毛骨悚然。那個王子會不會跟皇后一樣沒腦筋？或是像馬克那般的畸形？還是腦滿腸肥，跟他父親一樣臃腫？也可能是所有人的綜合體，可怕的程度遠遠超過我所有的想像？

我沒有心情留意走道沿途的風光，反正光線昏暗，也很難看得清楚，小小的隊伍裡面每個人都有一簇光球懸浮在前方引路。即便他們對昏暗的環境習以為常，不以為苦，銀光閃閃的眼睛能夠穿透黑暗，可是要從他們看我的眼神當中推論出心底的想法，簡直難如登天。冷冰冰的心靈對我有一絲同情嗎？或是每個女人都在額手稱慶被強迫的人是我、不是她們？又一波淚水流下，刺痛臉頰撕裂的傷口，就連想要伸手擦拭眼淚都不能，身體固定在半空中懸浮，就像手腳被縛住一樣動彈不得。

除了行進的腳步聲，前方傳來女孩銀鈴般的笑聲和房門砰然打開、撞到牆壁的噪音。

「國王陛下駕到！」雙頭怪守衛大聲宣布。

我驚恐地閉緊雙眼，終於鼓起勇氣睜開的時候，已經置身在布置得美輪美奐的房間裡面。牆壁掛著精緻的織錦，地板鋪上厚厚的地毯，房間中央是桌子和兩張高背椅，上方飄浮著五六個底座是木板的小小雕像。一個年輕女孩站在旁邊，低著頭行屈膝禮，姿勢畢恭畢敬，另一張椅子裡的人背對門口，只看到彎著的手肘和搭著椅子扶手、膚色白皙的手背。

我剛剛因為緊張而不自覺地屏住呼吸，現在頭昏腦脹、大口喘氣。女孩挺身直立，眼睛盯著我看，前一刻美麗動人的臉龐瞬間在怒火下扭曲，棋盤碰一聲掉在桌上，我別開目光，轉而望著散落在地毯上的小雕像。

「這是開玩笑嗎？」那美麗的女孩嘶聲指控，「就是她？什麼鬼東西？」

女公爵開口命令。「退下，安蕾絲。」

她文風不動。

「現在就下去，安蕾絲，這件事和妳無關。」

女孩釘在原處不動，雙手握拳，顯然怒不可遏。

「安蕾絲。」國王的語氣相當輕柔，女孩的反應卻像被摑了一巴掌，踉蹌地往後退縮，我驚訝地發現她臉上真的出現一個紅色的掌印，但隨即消失不見，女孩眼神驚恐萬分，當眾畏縮起來。

「出、去。」

「國王陛下、公爵閣下，請恕我先行告退。」女孩低聲呢喃，驚恐地逃出房間，厚厚的地毯或許可以消除她倉促離開、鞋跟喀喀的噪音，卻掩不住砰然摔門的巨響。

王子先是悶聲不吭，但是棋盤再次飄起，隱形手將小雕像從地毯上一一撿起來、稍稍地思索，再放回棋盤原始的位置。

「這一局棋我們幾乎下了三個月。」王子終於開口說話。

他的語氣不疾不徐，跟所有的巨魔一樣帶著些微口音，對女伴被父親摑了一巴掌的事件毫無反應。我戰慄不已，心情非常矛盾，希望他轉身，又寧願不要。

「我確信安蕾絲很遺憾不能下完這一局。」國王說道。

王子呵呵地笑，但是在我聽來他似乎不覺得有趣。

「不太可能吧，因為這盤棋她已經落居下風。她痛恨輸棋。」

國王皺著眉頭、拉回正題。「崔斯坦，我以為你希望先看一眼這個女孩……」他瞥我一眼。「再決定要不要履行合約。」

王子手部的肌肉微微收縮，指尖掐進扶手襯墊裡面。我會留意到如此輕微的動作是因為自己一直盯著那一片肌膚，試圖從那裡判斷出他大致的輪廓，可是徒勞無功，白忙一場。

「為什麼？」他懊惱的語氣顯而易見。「我對這件事的意見自始至終沒有被採納，現在又何必來徵詢。」

「呃，現在很重要，」國王厲聲說道。「你先看一眼再決定。」

王子動也不動。「如果我說不要呢？」

「那就再找別人。」

「如果還是不喜歡，」王子問道，「你要繼續找下去嗎？你真的要挖空金庫，四處搜尋符合條件同時讓我看得上眼的人類？屆時被遺棄的屍體鮮血會不會染紅所有的河水？」不等別人回答，他繼續說下去。「這個也可以，哪一位都無所謂。」

他突然站起來，我還來不及再吸一口氣，他就轉過身來，希望做足心理準備的努力都付諸流水，即使被魔法堵住嘴巴，我依舊驚訝得倒抽一口氣。

他的長相跟我的預期完全不同。

5 希賽兒

崔斯坦王子身材高挑瘦削，銀色眼珠閃爍著智慧的光芒，年紀似乎和我相差無幾——假設巨魔的年齡算法和人類一樣的話。他的衣著無懈可擊，亞麻襯衫、單排釦背心，外罩黑色長大衣，長褲褲管塞進黑色馬靴裡面，雖然我很懷疑他有跨上馬鞍的一天。

他同時擁有一張我今生僅見最英俊的臉龐。墨黑的頭髮，顴骨和下顎的線條如同雕像一般深刻，嘴唇豐潤但是毫無笑容，有如童話故事裡面的白馬王子走入凡塵，只有一點不盡相同：白馬王子是人類，眼前這個男孩則是巨魔。白皙的皮膚沒有一點點瑕疵，一舉一動溫文爾雅、冷靜克制，但給我的感覺就是不對勁。

他雙手抱胸，直視我的眼睛。「妳知道吧，盯著別人看很不禮貌。」

我愣了一下，轉而凝視下方的地毯，他迷人的風度顯然被我戳了一個洞。

「待人客氣一點，崔斯坦。」女公爵提醒。

他反唇相譏。「阿姨，粗魯的人是她才對，先是盯著人看，現在又不肯直視我的眼睛，好像我的牙縫塞了青菜或是更可怕的東西。」

我抬起頭，希望瞥一眼他說的牙縫，他逮到我的舉動，咧嘴而笑。「妳期待看到尖銳的獠牙？」

我漲紅臉，繼續盯著地板，決定從此不再抬頭看，隨即發現自己情不自禁地從睫毛底下偷瞄。

「獠牙給人一種凶惡野蠻的感受，」他彈一下自己潔白的牙齒。「會長出獠牙的原因可能是因為常常咬人的緣故，單單想到這一點就覺得倒胃口，我甚至不喜歡五分熟的牛肉。」

「你咬過文森一次，」馬克在我背後開口。「足以證明你不排斥咬人這檔事。」

崔斯坦狠狠瞪他一眼。「我詛咒你的卑鄙，馬克，竟然當著姑娘面前提起那段可怕的往事，那是出於自保和防衛。當時我才三歲，文森坐在我頭上，肥肥的屁股壓得我喘不過氣，幾乎要窒息而亡，任何人都會採取相同的舉動。妳同意嗎，姑娘……你說她叫什麼名字來著？」

就算嘴巴沒有被魔法堵住，我也不敢開口回應。

崔斯坦瞄了我一眼，宛如看見某種稀奇古怪的小昆蟲一樣。

「她該不會是啞巴吧？那就糟了。」他往後靠著椅背，奇特的眼神盯住我不放。「不過轉個念頭，或許這樣更好，反正我不需要另一個女人發號施令，她是啞巴更好，我負責開口，她只要聽從命令。」

「或許我們錯了，應該找一個啞巴女孩才對，」馬克說道。「她的名字叫做希賽兒．卓伊斯，你自己心知肚明，不要再裝瘋賣傻。」

「表哥，感謝提醒，我只是一時想不起來。卓伊斯小姐，說說妳的想法，用過人的機智來折服大家。」

「嗯嗯哼。」魔法堵住了我的嘴，只能語焉不詳地嗯嗯哼哼。

「請妳重複一遍好嗎？」他走近一步。「恐怕我沒聽清楚。」他修長的手指勾起我的下巴，不悅地皺起眉頭。

「放開她，阿姨。」

「她剛才試圖逃走。」

王子氣急敗壞地哼了一聲。「能逃去哪裡？根本無路可走、無處可藏，完全沒有束縛住她的必要。」

他的輕率無禮讓我一顆心猛往下沉——在他看來，我逃走的意圖不只機率不高，還很好笑。

忽地一股力量從身上掠過，我應聲跌落，雙腳都麻了，若不是馬克及時抓住我的手臂，我會直接臉朝下趴在地毯上，無法站起來。

「現在把阻礙拿掉了，妳或許想要發表高論，最好帶一點詼諧和幽默，好的笑話是人生一大享受。」

「你的粗魯令人厭惡。」我毫不客氣。

他嘆息以對。「這句話一點都不好笑。」

「沒有絲毫紳士風度可言。」

「真話最傷人，小姐。請告訴我，難道妳期待的不是這樣嗎？」他的眼睛閃過一絲情緒，不是嬉笑逗趣，而是別的東西。

「我承認我的期待很低。」我咄咄逼人。

「我自己也堅信人生不能期待過高，」他愉快地強調。「才能避免失望的傷害。舉例來說，我以為妳來的時候至少會打扮整齊，結果妳身上只剩一小片布料，像是……連身襯裙的東西。」他把我上下掃視一番，我趕緊拉馬克給的斗篷裹住身體。

「注意你的舌頭，崔斯坦。」女公爵厲聲提醒。

「這樣的形容很無厘頭耶。」崔斯坦開口。「除非坐在鏡子前面，不然我根本看不到自己的舌頭，一直照鏡子又很虛榮，令人難以忍受。現在告訴我，希賽兒——妳不介意我直接叫妳名字，對吧？既然要變得很親近，就像小狗跟跳蚤一家親，應該可以省卻繁文縟節和虛偽的客套，不是嗎？」

我怒目相向。

「好極了！回到剛才的問題，希賽兒，妳的衣服呢？或者這是島上最新流行的款式，我已經落伍了？」

我沉下臉回答。「衣服被剝了。」

「真的嗎？」他揚起一邊眉毛，「這句話聽起來很猥褻，或許稍後妳願意詳述所有的細節來娛樂大家？」

「不要。」我的手臂緊緊交叉在一起，試圖掩飾羞愧的情緒。

「真可惜。」崔斯坦戲劇化地嘆了一口氣，「這肯定是妳說的第一個最有趣的故事。」

「你說完了沒有，崔斯坦？」國王問道，已經忍耐到極限。「我們時間緊迫，不能再拖了。」

「快好了，」崔斯坦欣然同意。「只剩一個問題。」

「是什麼？」

「她的傷是誰造成的？即便我跟人類相處的時間不太多，但是根據經驗，他們不會無緣無故地流血不止，我得到的印象是送來的人類應該要皮膚完好、身體健康。」

我從眼角瞥見馬克朝路克的方向努努嘴巴，崔斯坦的目光轉向綁架我的人，他的手臂僵在半空中——女公爵的魔法讓他一直保持著掌摑的姿勢。王子下顎肌肉緊繃，室內溫度突然上升，驅走我指尖的寒意。

「崔斯坦。」國王站在背後，語氣裡的警告意味濃厚。「他已經履行交易的條件，我們要遵守諾言。」

巨魔王子伸手揉揉臉，表情轉為漠然。「當然，我們同意支付和她體重相等的黃金當謝禮，不是嗎？」

我驚訝地倒抽一口氣，這麼大的天文數字簡直駭人聽聞。

「是的，王子殿下。」路克回應。

「看吧，卓伊斯小姐，這裡又有一個降低期望對人有益的好案例，根據妳親愛的友人路克和我們簽訂的契約，我還期待他送來一個腰圍粗如水桶的胖姑娘，讓天秤朝他有利的方向傾斜。現在發現妳才這麼一丁點重量，可以想像我是多麼地喜出望外。」王子嘲諷道。

「崔斯坦。」國王的語氣透出告誡。

崔斯坦嘴角扭曲、往上揚起。「嗯，路克先生，那就祝你一路順風，扛著黃金穿過迷宮，但願你的背非常強壯。」

他像哥兒們似地拍了一下路克的肩膀，力道讓他腳步踉蹌，同時化解僵住不動的臂膀。

路克陰沉地瞪他一眼，按揉痠麻的手臂。「是的，王子殿下，也祝福您結婚典禮一切順利。」

崔斯坦對此不予置評，逕自轉身離開，讓我非常難堪。顯然不只我不想嫁給巨魔，無獨有偶，巨魔王子也不想結婚。

⚜

交易果然按照我的體重來換算黃金，我們繼續穿過大大小小的走廊，進入宏大寬敞的房間，其中堆滿各式各樣的寶物，沉甸甸的箱子裡盡是黃金白銀，貴重的珍珠和紫水晶散落在桌面，價值連城的珠寶不計其數，一疊疊珍貴的碗盤和精美的玻璃製品任意堆放在桌上或地面。地板中央有一座巨大的銅製天秤，一股溫暖的力量輕輕將我舉起放在天秤的一端。

路克撲向那堆寶藏東挑西揀，臉上喜孜孜、開心地將挑選好的寶物放上另一端，有金幣、金盤、金項鍊，還有一個純金小鴨雕像，當路克將珠寶項鍊丟上天秤時，國王彈了一下手指。

「只限黃金，孩子！」

路克懊惱地抓起刺眼的項鍊，丟回那一堆寶藏裡面。

天秤兩端開始晃動，這裡加一塊金幣，那裡加一塊，致力要達成完美的校正和平衡。我站在那裡不住地顫抖，影響了天秤穩定，更難加速進行。

他們剝掉我身上的斗篷和靴子，只剩連身襯裙和媽媽留給我的項鍊。若不是皇后兩姊妹開口干預，國王肯定樂於把我剝得一絲不掛，只求節省黃金。衣不蔽體的結果，讓我快凍僵了，不只飢腸轆轆，更想去小解。如果被國王知道，一定會叫我去茅廁解放額外的重量，但我完全不打算公開自己的不適，只能繼續忍著。

我不再嚎啕大哭——淚水無濟於事，只會消耗體力。我必須隨時警戒，保持頭腦清醒，才有機會逃出這裡。或許不是今天，不是明天，也不是大後天，但我對自己發誓，一定會再次佇立在耀眼的陽光之下。

我眉頭深鎖，想像各種方法讓路克受到應有的懲罰，甚至不曾察覺秤重的過程已然結束，直到自己突然被舉起來，放在馬克旁邊。他用斗篷裹住我的肩膀，拉起兜帽遮住我的臉龐。

「妳的表情一看就知道在心底盤算殺人的方法。」他低聲說道，將舊靴子還給我。

「很多種方法。」我一邊回答一邊繫鞋帶，麻痺的手指讓簡單的動作變得困難無比。

他竟然蹲下來幫忙，黑髮披散在前方遮住臉龐，著實讓我大吃一驚，「這樣的感受是人之常情，希賽兒，」他說。「但是為了妳自己，最好把這種感受埋在心底不要透露。崔斯坦是我的表弟兼好朋友，我保證他不會傷害妳。這或許不是妳嚮往的生活方式，然而隨著時間經過，或許有那麼一天妳會覺得這樣的生活差強人意，甚至甘之如飴。」他直起身體。

我直視他眼底。「這就是你所追求的人生目標嗎，爵爺？只求差強人意？」

雖知道他是一片好心，但我向來不擅長控制自己的脾氣。

「我期待的人生不是這樣而已，至少要過得快樂幸福。」我咄道。

「我的人生目標是要活下去，小姐，」他回答道，轉身面對陰影。「妳應該先求這一項。」

國王的嗓音使我們三緘其口。「你不需要把全部的黃金一次扛走，孩子，分成好幾趟無疑會比較容易。」

路克嗤之以鼻。「真的把黃金留在這裡，你還會讓我回來扛走嗎？你以為我會相信你的話？石頭在上，你顯然把我當成傻瓜。」他繼續把寶藏塞入背包裡頭。

我認為路克的無禮會激怒國王大發雷霆，但他似乎不以為意，只覺得有趣。

「那就悉聽尊便吧。」國王朝我的方向揮揮手。「馬克，帶她去清理乾淨，穿衣打扮，再過幾個小時月亮就要抵達天頂了。」

「那時會怎樣？」我問，本來冰涼的手指現在更冰了。

馬克扶著我的手臂帶我離開那裡。

「妳和雀斯坦將會聯結在一起。」國王森冷的話語從背後傳來。

6 希賽兒

馬克帶我走進的房間由兩個長相甜美的巨魔女孩負責照明，她們身著灰褐色衣裙、繫著黑白相間的腰帶，一看到我們步入，立刻卑躬地行屈膝禮。

房間本身裝飾華麗，牆壁上掛滿織錦和油畫，厚厚的地毯消除了走路的腳步聲。房間正中央有一個巨大的銅質浴盆，裝滿熱水，旁邊放了一張小餐桌，上頭擺滿的豐盛食物足以招待皇親貴族，使我想起今天錯過的晚餐——那是奶奶為我精心準備的惜別派對，祝福我離家外出去發展自己的夢想。父親會將小豬叉上烤架在火堆上轉動烘烤，可以想像家裡養的狗兒眼巴巴地望著烤乳豬，祈求經過的客人賞一小塊肉條。奶奶還會額外準備馬鈴薯泥，搭配去年收成的紅蘿蔔和甜菜根，浸潤在香味濃郁的奶油裡，還有她名揚鄰里的蘋果肉桂蛋糕，少了雞蛋就無法烘烤。想到蛋黃和泥濘混在一起的景象，我閉上雙眼，欲哭無淚。我是離開了，卻沒有準備蛋糕、沒有晚餐、也沒有惜別宴會，大家只會在暮色漸濃的鄉間徒勞無功地尋找失蹤的我。

「別在這裡觸景傷情當傻瓜，」我自言自語地咕噥。「就是一桌食物罷了。」巨魔一臉狐疑地看著我，我怯弱地笑了笑。「好像太豐盛了。」

「隨妳愛吃多少都可以，」馬克說道。「若有其他需要，就告訴她們，她們會馬上為妳預備。」他轉身吩咐僕人。「妳們有三個小時的時間，應該很寬裕。」

「是的，爵爺。」女僕異口同聲，再次屈膝行禮，恭敬地目送他離開。

「您一定餓壞了，小姐。」其中一位對我說道。

「我現在比較需要的是上廁所。」我終於忍不住說。

女僕笑咯咯地指著側門。「在那裡，小姐。」

等我排掉至少好幾枚金幣重的水量之後，走回房間審視眼前的選項：沐浴和食物，二擇一，剛好咕嚕嚕叫的肚子幫我做了決定。

我捧著一大碗濃稠的燉肉大快朵頤，餓了一整天加上滴水未沾，囫圇吞了一大把藍莓，外加一顆蘋果，汁液順著下巴滴在衣服上，讓已經慘不忍睹的連身襯裙又多了一片汙漬，女僕看著我的吃相看得目瞪口呆。

「妳們叫什麼名字？」我一邊咬蘋果一邊問話。

女僕同時震了一下彷彿挨了巴掌。我停止咀嚼，她們意味深長地對看一眼，「我猜她的意思不是那樣。」一位竊竊私語地告訴另一位。

氣氛莫名有些尷尬，過了半晌年紀大的先開口回答。「我叫艾莉，她是柔依。」

「我叫希賽兒。」我含著一大口麵包，撇開尷尬的氣氛，含糊地自我介紹。天哪，我實在餓壞了，根本顧不得禮貌。

「我們知道。小姐，我們一直在等您。」

麵包突然卡在喉嚨口，我把剩下的食物放在一旁，食欲不翼而飛。

「我不是什麼貴族小姐，叫我希賽兒就好。」

「您是崔斯坦王子的未婚妻，過了今晚，就是厝勒斯的王子妃。」柔依的眼睛睜得像銅鈴，「您非常幸運，小姐。王子殿下長得一表人才、英俊非凡。」

「也很勇敢。」艾莉同聲稱讚，兩個女孩互抓手臂，一副心醉神迷、快要暈倒的模樣。

「他既粗野又沒禮貌，讓人不敢恭維。」我不滿地抱怨，站起來走向浴盆。這輩子除了奶奶和姊妹之外，我從來不曾在任何人面前坐浴，但聽說貴族世家都是這麼做的，如果大驚小怪地要求她們離開只會導致反效果，讓人注意到我平凡的出身。尊嚴就是我防衛的盔甲，絕不能讓她們奪走。我匆匆脫掉身上剩餘的衣物，爬進浴盆裡，全身的傷口一齊抗議，痛得我忍不住皺眉頭。

「水溫夠熱嗎，小姐？」艾莉問道，遞來一塊海綿。

「這是……」望著牆邊那冰冷的壁爐，一看就知道爐子很久不曾點過火，我稍加思索，突然想到除了路克的煤油燈之外，沒有看到任何燃燒的火苗。「再熱一點更好。」我好奇地想要知道她要如何完成任務。

本來在倒浴鹽的女僕把瓶子放在旁邊，指頭伸進水裡，水流開始轉動形成漩渦，水的顏色也變成了銀白色，顏色變化的同時，水溫幾乎同時升高。

她收回手指頭，冒著蒸氣的水流回復原貌。「這樣夠熱嗎？」

我整整泡了一小時的澡，女僕們不顧我的抗議，逕自幫忙刷背清洗，還幫忙把身上毛髮修剪整齊，專注認真的程度遠超過我平日對待自己的身體。

洗去髒汙之後，身上顯現的諸多傷口讓人不忍卒睹，本來白皙的皮膚，東一塊紅腫、西一塊青紫。艾莉吩咐柔依去拿冰塊——原來她們的魔法變不出來——之後我就坐在浴盆裡，用絲綢裹住的小包冰敷腫脹的眼睛，同時淺酌溫熱的葡萄甜酒。

艾莉和柔依的長相甜美可人，但有某些特質使她們和巨魔的貴族女性那種破碎的美感產生顯著的不同，譬如她們頭髮不是烏黑，而是深咖啡色，雙頰有一抹淡淡的紅潤，也是其他巨魔所沒有的。

「妳們是姊妹嗎？」我問。

「是的，小姐，」坐在腳邊的柔依回答我的問題，仔細觀察我的臉龐，似乎在尋找某種東西。「我們的母親是人類——就跟您一樣。」

原來那些傳說不是捏造的謠言：好一陣子以來，巨魔都在處心積慮地偷竊，或者說購買年輕女孩。

「她也住在厝勒斯嗎？」或許任務完成之後，巨魔會容許她們離開。

「不，小姐，」她臉上流露出悲傷。「母親在我們很小的時候就過世了。」

「真是抱歉。」我很想繼續探究那個女人過世的原因，某部分的我依舊深信用大鍋烹煮人類是真有其事。

「髮色好美，」艾莉打斷我的思緒。「他們說您有紅頭髮的時候，我幾乎不敢相信那些話，這種顏色在太陽底下很常見嗎？」

「不盡然。」

「那一定非常珍貴、備受重視。」

想到自己經常抱怨，渴望有一頭像妹妹那樣的金髮，或者像哥哥那樣的棕色也好。「紅頭髮一點也不寶貝，反而害我常常被大家揶揄戲弄，這種髮色意味著只要一曬太陽，皮膚就會冒出大片雀斑，因此媽媽常常提醒我要躲開陽光，但是住在農場幾乎不可能。」

「怎麼會有人選擇避開陽光？」艾莉不解地問。

我咬住嘴唇，突然領悟對巨魔而言，陽光是一個非常敏感的話題，只好聳聳肩膀，將酒杯放在一旁。

「我母親非常虛榮，再者，」我試著改變話題。「我寧願自己的髮色跟妳們一樣烏黑。」讚美之詞總是不會讓人受傷。

艾莉搖頭以對。「平凡可見的物品不可能珍貴，小姐，厝勒斯的黑髮如同滿山遍野的石頭一樣不值錢。來吧，」她示意我跟著走。「更衣打扮的時間到了。」

我僵硬地走向隱密的屏風，伸手撫摸那件沉甸甸的深綠色絲緞禮服，觸感溫暖，摸起來似乎活生生的。袖口以紅色瑪瑙珠子做點綴，黑色鈕釦從後背一路延伸到蕾絲領口。

「為什麼不是白色的？」我一時想不出來要說什麼。按照蒼鷹谷的傳統，每個女孩的結婚禮服都會把家人或朋友穿過的白紗的一部分縫在一起，有時是一小塊蕾絲，或是新奇漂亮的鈕釦。不過最常見的情況是把舊的禮服改製變成新的，奶奶說這種傳統等於把愛和祝福帶入新人的婚姻裡。我經常幻想有一天會穿上奶奶和爺爺結婚時的新娘禮服，披著她親手縫製的白紗蕾絲，而不是這件全新、沒有人穿過，沒有愛和感情……的東西。

厚重的袍子反而讓我全身發冷、手心冒汗、眼前發黑、膝蓋震顫，我身體不穩地搖搖晃晃。

「我好像快吐了。」才說完，一個臉盆突然出現在眼前，我開始狂吐，把剛剛吃進去的全部嘔了出來。

我辦不到，我不能順應他們的要求去做，一旦留下來，代價就是我的貞潔，這件事失去了便再也贏不回來。不會有人在乎我是不是被強迫的——就算我的名譽一點都不值錢，我也不想身敗名裂。無論如何都必須要逃離開這裡。

我舉手示意，避開兩姊妹關心探詢的眼神。

「我需要一點獨處的時間，」雙眼盯著相鄰的臥室房門。「讓我休息一下，躺一躺就好。」然後舉步走進另一個房間，使勁關上背後的門，再悄悄跑向通往走廊的那扇門，發現它上了鎖。

我拔了一根髮夾，專心開鎖，這不是我第一次感謝哥哥曾經教過我如何開鎖。聽到鎖片彈開的聲響，這才轉動把手，回頭瞥了一眼空曠的房間，才跨進走廊，立刻和某人撞了滿懷。

「真高興在這裡遇見妳，希賽兒。」

聽見對方的嗓音，我的心立刻往下沉。「是你。」

「獨一無二，沒有別人，至少他們是這樣說的。」崔斯坦繼續聒噪，伸手撥了撥被我撞到的地方。

「所謂的『他們』是誰？」我問。

「噢，妳知道的，就是他們。」他對著空氣揮揮手，撇開這個問題，皺起眉頭。「妳剛才吐了？真可怕，不是因為酒喝太多的緣故吧？我可以忍受自己爛醉如泥，但女人喝醉就不行，完全不像淑女。」

我揚起下巴，束緊袍子的腰帶。「告訴你，我從來沒醉過。」

他竊笑不已。「妳不必表現得彷彿這是驚天動地的偉大成就，聽說城區那邊充斥著類似的論調——就是所謂的禁酒主義者，任何熱烈刺激的舞會一碰到他們就變得枯燥無味。」

「你不必趾高氣揚，彷彿對城區的生活頗有了解，」我不客氣地反駁。「你甚至沒去過那裡。」

他愣了一下，沉默半晌。「妳有嗎？」

「沒有。」我承認。「如果不是被你綁架，我很可能去了。」

「不是我，」崔斯坦的語氣懊惱不已。「是妳朋友路克做的。」

「如果不是你，他就不會這麼做。再者他也不是我的朋友。」

「或許吧，但我毫不懷疑他還有更多卑鄙的行徑，只是沒被發現而已。」他伸手指著我。「記住我的話，那個小子非常卑鄙。」

「那你們兩個剛好是一丘之貉。」我反唇相譏。

「哈哈，」崔斯坦嗤之以鼻。「妳真是口齒伶俐得可怕。說到伶俐，這就是妳逃亡的裝束嗎？」他一臉深思、上下打量我的衣著。「浴袍加赤腳？請告訴我，如果我也去換上睡衣和拖鞋，可以帶我一起走嗎？或者這是個人的冒險之旅，謝絕同伴參與？」

我很想哭。「你覺得這一切非常滑稽，對吧？在你眼中我就是個大笑話。」

他的眉頭糾結在一起。「如果是的話，也是冷笑話，一點都不有趣。」

我氣急敗壞、雙手攤開。「你真是無可救藥，簡直讓人無法忍受。」

他彎腰一鞠躬。「謝謝誇獎，希賽兒，很高興有人認同我的成就。」

「就算全世界只有你活著，我也不想嫁給你。」我嘶吼。

「我也不願意，」崔斯坦回應。「但是身不由己，只能接受。」

「為什麼？」我認真地提問。

崔斯坦微微仰起頭，深思地說。「因為妳別無選擇，」他終於說道。「妳跟我一樣，無法逃離厝勒斯。希賽兒，萬一逃亡途中被發現……」他閉上雙眸，黑色的睫毛貼住下眼瞼。「我父親的怒火很可怕，我不希望妳因為激怒他而受到嚴厲的懲罰。」他再度睜開眼睛。「我送妳回去——妳總不能穿著浴袍結婚，這樣太沒品味了。」

艾莉的化妝技巧具有起死回生的效果，我本來腫到幾乎睜不開的眼睛勉強恢復了正常色調。及地禮服遮住了身上所有可怕的傷口，緊身的蕾絲袖子蓋住擦傷破皮的手臂和右側肩膀上的那一片瘀青，服貼的上身好像是用油彩畫上去的。緊緻的布料包裹我的身體曲線，延伸至臀部才像扇子般往後開展拖曳至地面，如同傾瀉的瀑布注入綠色絲緞的河流裡面。

外面傳來扣門聲，我腳上蹬著金綠色緞面高跟鞋，步伐不太穩，搖搖晃晃地轉過身面向房門。馬克走了進來，手裡拿著鍍金的盒子，手臂上還勾著五六個亮晶晶、滿綴珠寶的頭冠，它們搖搖欲墜，彷彿隨時會掉下來。他砰一聲放下盒子，再拉開勾住手臂的頭飾丟在桌上，動作粗心大意，彷彿那些貴重的珠寶只是廉價的玻璃和破銅爛鐵。「這些東西任妳挑選。」

我挑了一件精美的飾品細細欣賞，整個頭飾是用黃金、黑鑽和翡翠打造的。寶石在巨魔發出的光芒底下璀璨晶瑩，令人讚歎，單單這個頭飾就價值連城。至於柔依正在挑挑撿撿的珠寶盒價值大概可以買一座城堡，但她看待那些貴重珠寶的態度跟我腳上的鞋子差不多。

「那個太俗氣了，」她把我手上的頭冠搶過去。「這個比較好，還有這些。」她挑了式樣簡單、純金的縞瑪瑙皇冠，還有一副相配的耳環。「那個要摘下來。」她指我脖子上的項鍊。

我輕觸脖子上的紀念品。「我一直戴著它——這條項鍊是母親送給我的禮物。」

「您已經不是農場上的村姑了，小姐，」她輕聲說道。「別人會對您的外表有所期待。」

我抓住墜子，一點都不想拿下來，這是我個人僅有的最後一件物品——一旦放棄，意味著我的身分完全地被剝奪抹滅。

「儀式一結束我就還給您。」柔依保證道，眼中帶著同情和憐憫，手卻沒有縮回去。我完全沒有選擇的餘地——當然不希望被她硬生生地扯掉，弄壞整條項鍊。

我無奈地嘆了一口氣，將項鍊解開遞了過去。「請妳好好保管，放在安全的地方。」

她點點頭，把項鍊放進口袋，並為我繫上新的珠寶，細心地調整位置，然後讓我轉身面對角落的穿衣鏡。在昏暗的光線底下，我幾乎認不出自己，看起來成熟許多，撇開腫脹的傷口不論，這副模樣顯得美麗動人。

「準備好了嗎，小姐？」

就算過了一千年，我依舊沒有心理準備，但還是虛弱地點頭回應。

「勇敢一點，」馬克說道，面對我的半邊臉充滿同情，「只要順著國王陛下的要求去做，這一切很快就會結束。」

我勾著馬克的手臂、穿過王宮的長廊，四周除了瀑布永不間斷、咆哮似的水聲，就是高跟鞋喀喀和禮服窸窣窸窣的聲音。

他一言不發，我也默不作聲，即便很想探聽即將發生的事情，也只能轉移注意力去欣賞兩側的藝術作品。這裡沒有任何表面是素面的，四面的牆壁和壁龕塞滿各式各樣精美的雕像，雕刻得栩栩如生，油畫色彩鮮明，彷彿就是窗外的風景。我這一生從來不曾見識過如此豐富的美感，而這些藝術品卻只能被封鎖在陰影底下不見天日，令人惋惜。

馬克似乎洞悉我的想法，頭頂散發的光芒更加明亮。

「有時我們把族人的藝術天分視為理所當然，反而忘記欣賞。」他呢喃。

他停下腳步，伸手推門，就是早先覲見國王時經過的鏡廳，光簇飛向天花板，照亮埋沒在陰影裡面的油畫，當時燈光太暗，沒有細看的機會。

「這些是我的祖先夏羅特．布魯畢生的心血結晶。」他說。

「真美。」這些壁畫讓我暫時忘卻憂慮。畫中的妖精拍動翅膀、在百花之間跳躍，蟒蛇在天空翱翔，畫中的男男女女眼睛像亮晶晶的珠寶，頭髮五顏六色有如彩虹一般，從天花板上面俯瞰世人。

清亮的鐘聲響徹走廊。

「宵禁解除了。」馬克有些心不在焉，文風不動地站在那裡，歪著頭似乎在傾聽什麼聲音，我只知道自己的心臟越跳越快。過了好半晌，他緊繃的神色才放鬆下來。

「厝勒斯也有好的一面。」他說道，再次將我拉進走廊裡面，不知道這句話是要說服我還是說服他自己。

即使宵禁解除，依舊看不到其他人影，宮廷裡似乎沒有一絲生氣，直到抵達拱形的大門入口。國王和皇后站在那裡，一小簇僕從圍在四周，每個人都是灰色長衫，黑白相間的腰帶，崔斯坦坐在旁邊的長條椅上，低頭埋進手掌心，聽到我的腳步聲，突然一躍而起。我沒有勇氣直視他的眼睛，於是逕自走向他的父母，深深行屈膝禮。

「陛下。」接著我轉向崔斯坦，頭也不抬，垂眉斂目地加了一句。「王子殿下。」

「讓我看看她！」一個女聲忽然迸出。

我完全忘了女公爵的存在。

皇后順應要求轉過身去，她一身寶藍色裝飾的妹妹瞇起眼睛看得很仔細，頭頂的光球上下跳躍，光線刺得我猛掉眼淚。

「看吧，苔伯特，我就說她打扮起來會很漂亮。」女公爵說道。

「嗯嗯。」國王逡巡的目光就像爸爸在拍賣會上精挑細選買小牛一樣。「至少氣味有改善。」

他朝皇后的方向拍手示意。「速戰速決吧，我不想再浪費一個月，等到下一次的月亮出來。」他和皇后並肩離去，穿過宏偉的入口，僕人趕緊到前方開道。

當我打躬作揖的時候馬克已經不見蹤影，只剩我和崔斯坦站在那裡，四周很冷清，他用那對異於人類的眼睛看著我，表情莫測高深，似乎覺得有點無聊。

「妳看起來……五顏六色，非常特別。」崔斯坦揶揄地說。

我漲紅臉，一路紅到胸口，變成豬肝色。

「這件禮服不是我挑的，殿下。」我僵硬地回答。

「我說的不是衣服而是頭髮，那種髮色只有在油畫上看過，原以為是畫家的幻想，現在妳清洗乾淨之後，顏色變得很明顯……」他頓了一下，移動身體重心換腳支撐，「而站在這裡更醒目。妳看到那些燈了嗎？」他停住。「妳當然看得到，我是說……妳的頭髮真的很紅。」

我羞愧至極，皮膚發燙，幾乎熱到要脫皮，手心冒汗，很想往衣服上擦，勉強嘀咕一句。「髮色是天生的，又不是我想要的。」

見他又張開嘴巴，顯然剛剛的侮辱還不夠，想繼續在我的傷口灑鹽。我惡狠狠地瞪了他一眼，他識相地閉嘴，沒有再開口。

另一個巨魔端著托盤走過來。「王子殿下。」托盤上有兩只水晶杯，裡面裝著晶亮的藍色液體，崔斯坦瞄了一眼，「如果我加了威士忌上去，」他問僕役。「會不會大不敬？」

僕人大驚失色，托盤跟著手指一起顫抖。

「我想你是對的。」崔斯坦怏怏不樂地說，即使對方根本沒開口。他端起兩只杯子，一杯遞給我。「乾杯！」

我一臉狐疑地接過杯子，「這是什麼？希望不是穿腸毒藥？」

「它有另外的名稱，但我寧願用自己發明的說法——液態枷鎖，至於它的成分，嗯……」他聳了聳肩膀。「不能說它對身體有益，但應該不會害死妳，理論來說不至於，只是我們從來沒有拿人類試驗過。」

「你為什麼叫它液態枷鎖？」我撇撇嘴唇，聽起來就不像好東西。

「因為這樣的隱喻更貼切。」他一邊回答一邊舉起杯子仔細檢視，我等著他解釋下去，但他顯然沒有進一步詮釋的打算。

「如果我拒絕呢？」我問。

他揚起一邊眉毛，陰沉地瞥我一眼。

「意思就是你會直接灌進我的喉嚨裡。」我嘟噥一句。

「當然不會。」他放下杯子，「窮凶惡極的任務要指派別人去做，避免弄髒自己的雙手，才不會損壞好名聲。」

我皺眉，悶悶不樂的表情反而讓他更開心。「別忘了我也得跟著喝。」他說。

「滋味如何？」我還是不放心。

「我從來不曾聯結過，所以一點概念都沒有，應該不會太好入口，」噹一聲他和我碰杯。「乾杯！」他仰起頭一口喝盡。

我勉為其難，試探地淺啜一小口。味道有點像蜂蜜，但比蜂蜜更甜膩，還帶來一股暖流，感覺起來滿舒服的。溫暖的感覺慢慢地順著喉嚨熱到胃裡，然後往外擴散到全身。我又喝了一小口，再一口，直到喝完為止。

「還不錯喝，真的。」我呢喃地說。

房間似乎明亮許多，我移動腳步、搖風擺柳，彷彿沉醉在某種聽不見的旋律裡頭。傷口的痛楚逐漸消逝，全身懶洋洋、輕飄飄的感覺很舒服。

「你確定裡面沒有酒精成分？」我再問一遍，感覺如夢似幻。

「確定。」崔斯坦瞳孔擴張，眼白部分只剩一圈銀邊。「只是妳好像喝了雞尾酒一樣，醉意盎然。」

「你完全不受影響？」

「我的體質適應力比較強。」

崔斯坦喉嚨側邊的肌肉隨著加速的脈搏上下振動，和他的說法自相矛盾。我突然有一股奇特的衝動，渴望伸手觸碰，證明他真實存在，而不是想像力虛構出來的人物。感覺自己沒有移動半步，但倏忽之間，手指卻觸及到他的皮膚，炙熱的肌膚貼著我的指尖。他渾身一顫，慢慢閉上眼簾，卻突然伸出手來扣住我的手腕，速度快得出乎意料，他將我的手輕輕挪開。

「卓依斯小姐，」他粗嗄地吸氣。「我想妳醉了。」他鬆開手，我的肌膚變得滾燙。

「現在這一切像是在做夢，而做夢終有清醒的時刻。」他輕輕撥開掉在我臉上的髮絲，動作小心翼翼，顯然避免觸及我的肌膚。

「殿下？」

我們分別嚇了一跳，一齊望著站在門口的僕人。

「月亮上升了。」

崔斯坦嘆了一口氣。「月亮不等人，即使是我也不例外。」

他朝我伸出手臂，我勾住，感覺外套底下的肌肉緊繃收縮，我們一起步下大理石台階，穿過空曠的中庭，四周玻璃樹木和雕像林立，明光在大門外面照耀。我們穿過升降鐵鑄門來到城外，我驚訝地倒抽一口氣，上千名巨魔聚集在通往河邊的小徑上，夾道列隊，每一位頭頂都浮著一簇光球。

我好奇地打量擠在小徑兩旁的群眾，無意間踩到禮服的裙襬，腳步踉蹌差點栽下去，幸虧抓住崔斯坦的手臂支撐。他們有老有少，有的畸形怪狀，有的長得人模人樣，跟我旁邊這位不相上下。絕大多數的群眾穿著深淺不一的灰色衣服，烘托出那些打扮鮮艷的少數，如同光彩奪目的珠寶放在灰燼裡面一樣突出，唯有一個共同的特徵：各個表情急切、滿懷希望。

其中十幾位巨魔在我們經過的時候屈膝跪下，並觸摸我們長禮服的裙踞，大家靜默不語，沒有交談的聲音，只有瀑布的水聲大如雷鳴，轟然注入池子裡，前仆後繼的回音糾纏不清，變成刺耳的噪音，刺破那杯奇特的液體罩住我意識的面紗。我甩甩頭，試著澄清思緒，卻是白費力氣，恐慌的感覺襲上心頭，直覺告訴我要逃之夭夭。國王、皇后連同其他巨魔貴族站在水邊等候，他們的目光焦點不在我們身上，各個目不轉睛看著位於河流中央的大理石平台和上面的玻璃祭壇，照在上面的光芒不是詭異的小光簇，而是我比較熟悉的光源。

「月亮。」我低聲呢喃，抬頭遙望岩石頂端的小小洞口。

「沒錯，」崔斯坦應聲。「我的祖先在崩山之後花了整整五十年光陰才鑿出那個洞。在那段期間，無人能依習俗聯結，他們可真幸運。」

「好可憐。」我含糊回應，看著逐漸明亮的月光，心底的恐懼隨之消褪。如果我有一對翅膀，就可以扶搖直上穿過那個小洞逃亡。我的心臟開始狂跳，周遭的一切如夢似幻，彷彿走在夢境裡面。

「你會飛嗎，爵爺？」我問道，嗓音在自己耳中聽來都覺得模糊。「魔法能夠帶你飛上天嗎？」

「不行。」他應道，語氣滿是遺憾。「魔法力量雖然強大，可惜不包含飛行。」

我隱約知道自己和那些貴族擦肩而過，跨上前方由魔法力量構成的拱橋，腳下熱度驚人，透明的橋面發出微光，很難想像它可以支撐我們的重量，但是崔斯坦毅然決然地拉著我走過去，鞋跟踩在橋面上喀喀作響，就像踏在玻璃上頭，我依舊盯著巖石上面的洞口，突然看到月亮邊緣，驚訝地倒抽一口氣，聲音淹沒在河岸兩旁上千名巨魔交頭接耳的聲音裡。

崔斯坦走向祭壇對面，和我遙望。

「希賽兒。」他喊道，我的目光從逐漸成形的月亮上移開，直視他的眼睛。「手伸過來。」

我毫不猶豫地把手伸出去，越過玻璃表面和崔斯坦溫暖的手指交握在一起，他不動聲色，即使有任何感受，臉上也看不出端倪。

巨魔和人類一樣有七情六慾嗎？我暗暗地納悶。他們也會悲傷、怒不可遏和雀躍不已嗎？他們知道愛情是什麼嗎？或是內心冰冷得跟這裡的石頭一樣？那杯飲料勾起的微醺醉意和如夢似幻的感受正逐漸褪去，我再一次仰頭望天，巨魔頭頂的光球一一熄滅，大家目不轉睛、靜默無聲地望著月光逐漸籠罩厝勒斯城。

當月亮移到頭頂正上方，一陣冰冷酥麻的感覺竄過指尖，就像有人在我的指關節上面刷油漆，我不敢低頭去看，擔心如果移開目光，就再也看不到天上的月亮。河面升起的薄霧在我的肌膚上化成水氣，頭髮黏在臉上，但是寒氣沒有侵入骨子裡。

說不出來究竟過了多久，直到月亮慢慢地、一寸一寸地挪移翻越上方的洞口，最後只看到一抹銀光，然後什麼都沒有。

厝勒斯城再度陷入黑暗，夢想破滅、碎裂，形成幾百萬片黑色的玻璃，不屬我個人的情緒蜂擁而來，連番轟炸，強烈的衝擊讓我膝蓋癱軟，無力支撐，撲倒在平台上面，額頭貼著潮溼的石塊。

內心的七情六慾不再專屬我自己。

7 希賽兒

亮光一閃，我扭頭見到崔斯坦跪在對面，手指緊緊扶著祭壇邊緣支撐。

「你對我做了什麼事？」我激動地問，感覺有東西侵入心底，他在我的頭腦裡——情緒翻騰洶湧，比我自己的反應更熾熱顯著。

我們四目交接，沮喪、羞愧的情緒浮現心底，我幾乎忘記自己的恐懼。

「停止！」我大叫，嗓門壓過嘩啦的水聲。「滾出去！」

崔斯坦轉身迴避。

「有效嗎？」奇特的光球一一亮起，國王站在旁邊，肥厚的手指扣緊我的手腕，詳細查看，我的手腕浮出奇特的銀線圖案。他鬆開我的手，嘴角喜孜孜地上揚，注意力轉向崔斯坦，而後者看他的眼神就像老鼠遇到蛇一樣。

「你們連線了？」國王掩不住開心地詢問。

「是的。」他平淡地回應，看不出情緒起伏。

國王得意洋洋地宣布。「檢查溪水路！」他大吼，然後一個箭步衝向隱形橋梁，把兒子拋在背後。

「你到底對我做了什麼?」我再問一遍。「他說連線是什麼意思?」

崔斯坦的額頭靠著祭壇邊緣。「彼此彼此,我對妳做的跟妳對我做的一樣。」

「什麼意思?」我緊追不捨,憤恨地問。

崔斯坦抬起頭淡淡一笑。「這是古老的魔法,起源不可考,只是被我們沿用很多年,藉由這個魔法把我們綁在一起,也可以說以後我們的心思都會緊密相連。」

「我寧願砍斷這條線,」我嘶吼。「最好沒發生!」

「親愛的妻子,我完全同意妳的看法,可惜妳沒有選擇,只能學著適應。」

「這個聯結會維持多久?」

他擺起苦瓜臉,起身站立。「直到我們其中一位停止呼吸、心臟衰竭、軀殼化為塵土為止。或者講白一點,該死的很久很久以後。」

他不管我動作蹣跚,爬起來有些艱難,逕自盯著那些群眾慢慢走向山谷另一端。

「當然啦,除非這招沒有效。」他的聲音很輕,類似自言自語。「那樣我們就不必等太久。」

「哪一招沒有效?」我大叫,蠻橫地抓住他的手臂。「別再兜圈子!直接跟我解釋這是怎麼一回事,這件事和我又有什麼關係!」

崔斯坦對我的拉扯和問題置之不理,目不轉睛地望著遠處的山谷。他的期待在我心裡浮起,期待中夾雜著恐懼,我也跟著忐忑不安,轉而留意那群巨魔——他們站在城市盡頭的岩壁前面，靜靜等待著。

感覺就像等了一輩子那麼久，那些巨魔突然異口同聲，發出失望的呻吟。崔斯坦沒有加入他們的行列，看起來面無表情，但我可以察覺他不只鬆了一口氣，還有些高興。

「有效嗎？」我問道，真心期待有人可以解釋給我聽。

「沒有，」崔斯坦回應。「失敗了。」他轉移焦點，抓住我的手。「或許我們應該把妳藏起來——國王肯定不會開心。」即使光線昏暗，還是看得到群眾裡面起了爭吵，有人大打出手，不是拳頭相向，而是用魔法揮出隱形拳。尖叫聲此起彼落，迴盪在洞窟四周，氣氛火爆，連空氣都開始發燙。

「如果他們先把妳殺了，那就很省事，」崔斯坦對著鼓譟的場面皺眉。「啟動宵禁。」他大聲命令四周的侍衛。「壓制那些混血種，掌控場面！」

「我們必須立刻離開這裡。」崔斯坦速度如箭般地竄向隱形的橋面，我試著跟上去，卻被泡水的禮服拖尾纏住腳踝，動作遲鈍，本以為他會不顧我的死活，揚長而去，把我丟給暴民，但他立刻回過頭來幫我，撩起裙裾、撕開沉重的布料丟進河裡，彷彿那是紙片一樣，接著抓住我的手腕。「快跑！」

直到抵達皇宮高牆的保護範圍，我們才停住狂奔的腳步，崔斯坦放開我的手臂，在前面帶路。即使少掉絆腳的拖尾，沉重的裙裾還是不斷纏住雙腿，讓我舉步維艱，很難輕鬆跟上他的速度。在迷宮般的走廊裡面左彎右拐，驕傲和自尊心作祟讓我不願意開口懇求放慢速度，另一方面又害怕跟不上他的腳步，加上崔斯坦焦慮的情緒緊壓心頭，在在增加了我的恐懼。如果他也害怕的話，對我而言，死亡的陰影是否更加巨大？

在轉彎轉到七葷八素時，崔斯坦終於推開一扇門，把我拉進去，我認得這是我們第一次見面的房間。他走向牆邊的櫥櫃，出人意料地掠過酒瓶，拿了水壺倒了一大杯開水，咕嚕咕嚕很快地喝光，又倒了第二杯。

「還是妳想來一杯酒？」他問。

「與其喝酒，我寧願聽你解釋清楚。」

他好奇地瞥我一眼。「按照常理妳的確不可能知情。」

我搖頭以對。

他疲憊地摸摸臉頰，點頭說道。「好吧。多年前我們遭到詛咒，所謂的我們指的是巨魔，不是妳和我，雖然妳可能也認為自己被詛咒了。大約五百年前，一個人類女巫把山峰劈成兩半，巨石壓在厝勒斯上方，我們的魔法只能托住城市不被壓扁。總之長話短說，多年來我們花了很長一段時間挖掘了一條出路，也才發現女巫還下了毒咒：只要她有一口氣在，巨魔就會被關在厝勒斯，從此不見天日。」

「如果你的祖先都像你這般惹人討厭，也難怪會遭到詛咒。」我嫌惡地說。

崔斯坦一臉不悅，怒目而視。「這不是嬉笑怒罵的時候，希賽兒。」

「為什麼不行？」我反問。「你把每件事都當成笑話看待。」

「才不過認識兩、三個小時，她就自以為很了解我。」崔斯坦自言自語。「妳要不要繼續聽故事？」

「請說。」我壓抑不耐的情緒。

「正如我剛剛說的，五百年來，巨魔和後代被困在城市裡面備受限制，你們人類在上面過得快活自在。直到三個星期前，我的阿姨——妳應該還記得那位嬌小的婦人，她和我母親形影不離——得著先知的天賦，預言當黑夜王子和太陽之女結合的時候，就會破除咒語。」

「所以我是太陽之女。」我心裡千頭萬緒。

「妳比外表看起來聰明很多。」崔斯坦探頭到走廊左右張望，再把門關上。

「但結果讓你們大失所望，你和我已經聯結了，咒語卻固若金湯。」

「沒錯。記得提醒我參加猜謎遊戲的時候，要選妳當隊友，我喜歡高手雲集的隊伍，勝算大很多。」他嘲諷地回應我。

「女巫的詛咒是什麼？」我腦中浮現的畫面是一旦巨魔跨出黑暗的山洞，走進陽光底下，會立刻變成石頭，然後粉碎成塵土。

崔斯坦走向抽屜，掏出一樣物品遞給我。是一個玻璃圓球，裡面是迷你版的厝勒斯城，精緻得栩栩如生。

「就像被困在永遠戳不破的玻璃氣泡裡，」他說。「人類、動物和河水進得來，我們卻出不去。劈開一座山壓住我們頭頂的懲罰還不夠，還要把我們關在黑暗裡，永世不得脫身。」他嘀咕地說了最後一句話。

走廊傳來的腳步聲轉移我們的注意力。

「躲在這裡。」崔斯坦把我推進櫃子裡。「別出聲——要活命的話就謹慎一點。」

櫃子喀一聲鎖上了，我蹲下來透過鑰匙孔偷窺外面，屏息等待。

沒有等太久，房門就被砰然撞開，國王走進來，癡肥的身體幾乎卡在門框裡。崔斯坦焦慮的情緒往上竄升，卻沒有畏縮的表情，這一點讓人佩服。我渴望洞悉他的想法，但不管再怎麼努力，唯一能感受到的只有他的情緒。偏偏在這時候，又很難分辨出哪些反應是他的？哪些源於自己？

「她在哪裡？」

「放心，」崔斯坦說道。「她被我鎖在一個安全的地方。」

「很好，很好。」他父親說道，雙手相互揉搓，呼吸又喘又急，豆大的汗珠沿著肥厚的雙下巴往下滴落，讓我以為他的心臟快要蹦出胸口，如果真是這樣也不錯，我絕不會為他難過。

崔斯坦幫他父親倒了一杯酒。「就我所知，計畫進行得不太順利。」這麼說也太輕描淡寫了，連我都覺得差太多。

國王喝了一大口紅酒。「的確。」

崔斯坦低下頭去。「你一定很失望。」

「你不會嗎？」

「今天吃了這麼多苦頭，咒語卻不受影響，你想我有什麼感受？」崔斯坦的回應沒有一絲猶豫。

國王一臉興味盎然，仔細打量兒子，一面思索他說的話，發現杯子空了，示意崔斯坦再倒一杯。「你有什麼提議？」

「我提議，」崔斯坦倒酒幾乎溢出杯子邊緣。「要她宣誓保密，加上咒語束縛，再送她回去。」

「或是砍掉她的腦袋，畢竟死人不會洩密。」國王陰狠地建議道。

我渾身發冷，用力摀住嘴巴才不致驚呼出聲，崔斯坦不安的情緒從他聳肩的動作上一點都看不出來。「無所謂，只是我既然和她聯結在一起，如果她死了，我也很難置身度外。」

「這麼快就和那個小東西難分難捨？」國王調侃一句，椅子承受著巨大的重量而吱吱嘎嘎地響。

「她被帶來這裡只為了要成就一個目的，」崔斯坦冷笑。「我也連帶奉上自己的一生，你應該了解其中的風險。」

國王咯咯笑得很得意，他兒子只是站在旁邊無言作陪。他這番話讓我出乎意外地心痛——明知道自己不應該有所期待——因為他說得沒錯，我被擄來厝勒斯為的就是解除咒語，現在失敗了，他為什麼要在乎我之後會如何？但是我的死活怎麼會危及他的生命？

「結果出人意料，」國王突然開口，笑聲戛然而止。「她既不需要走也不必被砍頭。」

崔斯坦愣住，錯愕的表情和內心的感受終於表裡一致。「你說什麼？」

「你阿姨認為現在下定論還太早，要我不要排除那小東西能實現預言的可能性。她建議把人留下來、過一陣子再說，所以你要把希賽兒當妻子看待，讓百姓繼續懷抱希望，免得他們惹麻煩。」

崔斯坦臉色發白。「你是在開玩笑嗎？」

國王揚起一邊眉毛。

「她是人類。」他提醒道。

「我注意到了。」國王喝了一大口，上唇留下紅色液體的痕跡。

「你要我……」崔斯坦依然不可置信。

「對，既然你們已有夫妻關係，就應該同床。看到一堆混血兒在皇宮育嬰房裡活蹦亂跳，我當然不會心花怒放，可是坦白說，只要能破解女巫那該死的咒語，就算要你和山羊交配，我都樂見其成。你已經十七歲了，應該像男人一樣扛起責任。」

「我討厭羊肉，」崔斯坦恢復冷靜，雙手抱在胸前。「肉又硬又難咬。」

「那就更要心懷感謝，幸好你親愛的希賽兒不是牡羊。」國王邊說著邊站起身來。「我相信你會覺得她啃起來還算軟嫩。」

我背靠著櫃子，膽汁湧入喉嚨。他們坐在那裡討論我的命運，彷彿我的價值比不上一塊豬腿，而且……我的大腦拒絕再探究他們其他的討論。

「這不是討論，崔斯坦，是命令——你明白嗎？」國王沉聲說。

「是，陛下。」崔斯坦的語氣充滿叛逆。

他父親拍拍他的肩膀。「等你站在陽光底下，就會發現這一切值回票價——想像一下未來你所統治的範圍，放眼望去看不到邊界。」

「誰不希望那樣？」

國王心滿意足地點頭。「好孩子。」

他背後的門一關上，我立刻吐了一口大氣，才發現剛剛不自覺地屏住了呼吸。

「崔斯坦，」我低聲呼喚。「放我出去。」

他坐在椅子扶手上，文風不動。

「崔斯坦！」

他抬起頭，光芒照在臉上形成詭譎的陰影。

「我會找人放妳出來，」他說。「我必須……」他站起身來，把我的懇求拋在腦後，逕自離開房間。

心底糾結的情緒並沒有因為他離去而消失，我將額頭抵住櫃子門，試圖撇開自己的感受，全神貫注在他身上，練習的過程充滿挫折感。他怏怏不樂，這點顯而易見，可是要在沸騰的情緒洪爐裡做出明確的分辨就非常困難，而且就算了解了又怎樣？掌握他的感受對我有什麼影響？這種聯結關係對我有什麼好處嗎？

精神疲憊、渾身痠痛，加上強烈的恐懼，使我頹然坐在地上，扯開窸窣作響的裙子讓自己坐得更舒服一些。當然啦，我可以試著把鎖撬開，但是那樣做沒有意義，櫃子裡比漆黑的夜晚更黑暗，房間也一樣，沒有燈光就沒有逃走的希望，偏偏在這個地方很難找到照明。

我必須逃出這裡，剛剛聽到的對話讓我對巨魔放我回家的希望完全破滅。

國王要我一輩子留在厝勒斯，還期待我做該做的事。從最好的一面來看，我是破除詛咒的工具；換成悲觀的角度，就是來傳宗接代的，生下他們所謂的混血兒。

把人當育種的工具簡直是侮辱，雖然讓我嫌惡的不是崔斯坦——他不是人類，卻長得英俊非凡。如果坦白承認的話，他們給我喝的奇怪液體不知怎麼地勾起我寧願忘卻的慾望，然而類似的效果卻沒有發生在他身上。

對他來說，我只比山羊高一級，終此一生和一個討厭我的人拴在一起，我也不願意，但這個事實很難逃避——就算站在城市最遠的角落，我仍然察覺得到他的情緒。

我傾身靠著櫃子，疲憊逐漸征服我的身體，正要飄然入夢的時候，心底突然閃過一個念頭：如果這五百年來巨魔們處心積慮、一心渴望破除咒語的束縛，為什麼當我們失敗的時候，我卻感受到崔斯坦暗自竊喜的情緒？

8 崔斯坦

「該死的石頭在上，馬克。」他終於出現，我的不滿立刻爆發。「你究竟去了哪裡？」瞥了牆上的時鐘。「害我整整等了一小時。」

「抱歉，表弟。」馬克將斗篷丟在角落，幫自己倒了一杯酒。「我隨時聽候差遣，可是重新啟動宵禁需要一點時間。」

我推開書籍，手肘抵著桌面，這才發現馬克的黑色衣袖沾了血跡。「死傷的情況怎樣？」

「十二位死者裡面多數是礦工，一位清掃街道的工人，大概是雙方駁火的時候被擊斃的。」

我做個鬼臉。「那些人是始作俑者？」

馬克聳聳肩膀。「難以證明，聽起來很像公會成員，但他們沒有報告傷亡名單。」

「他們不敢。」我一邊說，一邊揉太陽穴，試著撇開盤踞在大腦深處的情緒糾結，那些情緒肯定不屬於我自己，而是那個女孩，希賽兒。

「知道是誰在背後煽風點火嗎？」我問。

馬克臉色一沉，報告所有我需要知道的資訊。我的手臂滑過桌子，額頭貼著平滑的表面，連續撞了兩次確認腦袋是否還能運作。

「我現在無法思考，」我說。「先由你來處理，等我有時間再討論好嗎？」

「我想可以。」

馬克坐進對面椅子裡，一言不發，給我機會將注意力轉回那個女孩身上。她的情緒逐漸消逝，我突然挺直身體。「消失了！聯繫的感覺模糊很多！」

當看到馬克搖頭晃腦時，我臉上得意的笑容旋即消失無蹤。

「她在睡覺。一旦她睡著了，你的感覺就不會那麼明顯，除非她做夢——那就好玩了。」馬克解釋道。

我示意他幫我添酒。

「一點都不好玩。」我說。「這是大麻煩，她是問題人物——必須好好對付。」

馬克臉色一沉。「希賽兒。」他特意強調那個名字。「不是問題人物，她是一個天真無邪的女孩，無辜被我們牽扯進來，沒有人顧及她的意願。你父親命人用暴力的方式綁架她，拖著她穿過迷宮般的地道，用魔法逼她和巨魔結合，在這之前她甚至不知道我們的存在。問題人物不是她，我們才是她的麻煩。」

我傾身靠著椅背，望著光球在頭頂繞圈圈。「你這麼說也有道理。」

「那個可憐的女孩大概嚇壞了。」馬克補充一句。「任何人遇上這種事怎麼可能會不害怕？」

「呃，她不是怕，」我說。「而是該死地好奇，追根究柢地問了我一堆問題，我倒寧願她嚇壞了——因為恐懼不會用腦，只會憑直覺反應。」

馬克不耐地強調。「崔斯坦，你們的結合改變了一切，」他說。「不管你喜不喜歡，保護她的安全必須是你未來最優先的目標，你不會希望她害怕——尤其是怕你。」他淺啜一口酒，凝視著我。「你們這輩子只要腦袋醒著，就能察覺對方的感受，連在夢裡都擺脫不了。」

我伸手遮住眼睛，沉重的感受壓在胸口。原來該害怕的人是我。

「你把她藏在哪裡？」馬克問道。「安全嗎？」

「應該安全吧，」我猶豫了半晌才接下去。「她被我鎖在起居室的櫃子裡。」

馬克的臉龐扭曲起來——對他來說，這種反應非同小可。「你是說真的？」

「我只能把她藏在那裡。」隨即飛快地解釋一遍自己和父親的對話。

「她被迫聽了那一番話之後，你還把她丟在那裡不管？」

我點點頭，開始感到有些羞愧。

馬克站起來走出房間，過了一會兒才回來。「我送信給艾莉，她會處理。」

我咬著下唇，思索所有的選項，卻找不出好的解決方案。

「以後都會像這樣嗎？感覺像是鳩佔鵲巢。」我開口問道，終於察覺聯結這件事對族人來說似乎稀鬆平常，於我卻毫無概念，真是奇怪。經歷過的人都死守著祕密，搞得神祕兮兮。「把你的經驗說給我聽。」

馬克嘆了一口氣。「你會適應的，雖然對你而言，這或許不是好現象，再過幾天你只會注意到極端的情緒，例如恐懼、喜悅、憤怒、痛苦或悲傷。」

「空間上的距離呢？」來到這裡之後我發現距離感變得很明顯，就像一條延展的繩索牽引在我們之間。

「除非異常劇烈的改變，或是你專注的時候，」他微微一笑。「你永遠找得到她在哪裡。」

「換言之她也可以找到我？」我乾了那一杯。「最麻煩的就在這裡。」我舉手制止他打岔。「問題的關鍵不在於我能夠知曉她的感覺，而是她也能夠感受到我的情緒，知道我何時變成一個言不由衷、算計操縱的……巨魔，萬一稍微露了口風，我就前功盡棄了。」

馬克張開嘴巴，欲言又止，隨後理解地點點頭。

室內的壓力逐漸累積，我的魔法反應出挫折沮喪的情緒，氣溫往上攀升。

「好，所以你的意思是這樣。」我開始吼叫，不是針對表哥，比較像自言自語。「我除了要控制我所說的每一句話，每一段人際關係，包括舉手投足、臉部肌肉抽動和手勢之外，現在還要再控制我心裡的感受？」我氣得用拳頭捶桌子，木頭咿呀地呻吟。

「不，崔斯坦，」馬克忽略我的怒氣。「是你自認為可以掌控生活的每一個層面，然而你錯了，這件事你無法掌控，必須另謀出路。」

「什麼出路？」我質問。

「贏得她的心。」他說。「讓她變成盟友——你們已經連線，就按照應有的方式對待彼此。」

一時天旋地轉，我伸手抓住桌子的邊緣支撐，感覺阿姨的預言把我推向一個既無法逃避也無法閃躲的未來。

「不，」我低聲說道。「我會全力以赴，但不致走到那一步，那樣的代價太高了。」

9 希賽兒

艾莉和柔依發現我被鎖在櫃子裡應該覺得很訝異，只是她們把感覺藏在心裡，沒說什麼，逕自牽著我的手走進相鄰的房間。我的注意力立刻轉向盤踞主要空間的四柱大床，一般來說，厚毛毯和成堆的枕頭或許極盡誘惑，但是今晚看起來卻像刑求犯人的刑台。

女僕們幫忙脫掉我身上的禮服和珠寶，並在我的要求之下，重新把母親的項鍊繫回我的脖子上，接著她們幫我套上白色蕾絲睡衣和厚厚的天鵝絨睡袍。

「早上會再端早餐進來給您。」艾莉說道，示意妹妹一起離去，巨魔的光球跟在背後，室內的光線逐漸暗去。

「等一等，」我叫喚。「我沒有燈。」

柔依匆忙地跑了回來。「媽媽活著的時候也有相同的苦惱，」她說。「我記得爸爸在家裡為她留了很多光。」

「妳父親，」我試探地詢問。「關心妳母親嗎？」

她睜大眼睛。「當然，夫人，他非常愛我母親，只是沒有聯結而已，因為不容許。」她的目光飄向我手腕上的銀色痕跡。「或許未來會有改變。」

第二顆光球出現在旁邊，「這個留給您，夫人，只是我無法確定它能持續多久。」她補充一句，赧然地羞紅了臉。「我的魔法不是很穩定，相信王子殿下會有更好的解決方案——在這些方面他絕頂聰明。」話說完，她們便離開房間了。

我獨自一個人，藉著柔依昏暗光球的陪伴，在崔斯坦塞滿東西的房間閒晃。牆面沒有任何空白，上頭掛滿各式各樣的藝術作品、織錦和地圖，我一一檢視，試圖透過這一切去了解結婚對象的心靈。

有些畫作我認出來是崔亞諾的風景、海景和城市景觀，還有很多是男人騎馬奔馳，追趕狐狸、野豬和鹿。這裡不像皇宮其他地方，只有單一主題的布置，反而充斥著多樣性的收藏品，描畫厝勒斯以外的世界，在尋常人眼中沒有魔法的光之島。

一座壁爐盤踞另一面牆，他竟然在應該是火焰的空間釘了一幅燃燒木頭的油畫，讓人莞爾一笑。壁爐前方是一小塊起居的空間，勾起我對家的回憶，只有短短一瞬間：因為這個房間冰冷、陌生，而且空無一人，跟我溫暖的家大異其趣。我坐在椅子裡，冰冷的雙腳縮進身體底下取暖，瀏覽擺在桌上的那一堆圖書——都是小說，有汪洋中的海盜冒險記，屠龍騎士的傳說，地底城市的神祕推理小說。

門突然開了，我一躍而起。

「看來妳過得很自在。」崔斯坦調侃地脫掉帽子丟在桌上。

「這不是你的功勞，先生。」我答道，雙手緊緊環抱身體。「你把我鎖在櫃子裡自己走開。」

「既然妳毫髮無傷，我相信櫃子或許是一個適合妳的好地方。」

「你怎麼敢這麼說！」我倒抽一口氣。

「我曾經提醒妳關於期望的落差，希賽兒。」他脫下外套掛在椅背上。

「走開！」他朝柔依黯淡的光球一揮手，光線立刻熄滅。

「我聽見了你們的交談！你們對我另有計畫。」我低聲道。

看著他越過房間朝我而來，直到肩膀撞到牆壁才發現自己逐步後退，他繼續逼近，相距不到幾吋，我的頭頂勉強到他胸口，他身上的襯衫掩不住肌肉的輪廓。

「很好，」他說，「省得我浪費唇舌再次解釋我對妳的期待是什麼。」我開始擔心，就算大聲尖叫，也不會有人來救我。他可以隨心所欲，想怎樣就怎樣，沒有人會質疑。本能告訴我這時候應該要對他卑躬屈膝、搖尾乞憐，引出壓在他決心底下的同情心，可是我的膝蓋不肯卑屈示弱，我桀傲不遜地直視他銳利的眼神，明知他可以察覺到我心底的恐懼，這番故意挑釁其實沒有任何意義。

他一臉嫌惡，扭曲的表情印證了浮現在我心底的情緒。

「床鋪讓給妳，」他突然轉身走開。「我沒興趣。」

他越過房間，一屁股坐在長椅上，開始脫靴子，我默然佇立，看他在書堆裡挑挑揀揀，終於選了一本。他光是在第一頁就停留很久的時間，最後嘆口氣，把書丟回去，完全無視我的存在，看也不看我一眼。

「晚安。」他讓光球熄滅，任由我站在伸手不見五指的漆黑裡。

我手貼牆壁，耐心等待眼睛適應黑暗的環境，或許就可以走向床鋪，然而事與願違，我用力吞了一下口水，雙手互相揉搓取暖，同時試著驅除恐懼。

不能哭，他會聽到。

讓他知道我的感覺已經夠糟了，不能再讓他看笑話，發現我崩潰地嚎啕大哭。但這很難做到，崔斯坦的悶悶不樂放大了我的感受，沉重的壓力讓我既痠痛又疲憊、垂頭喪氣。

這不是我所期待的婚姻，我用力咬住嘴唇，咬到破皮流血，試圖拋開那些對我來說幸福的畫面：我穿著奶奶的結婚禮服，在一個溫暖的夏天，親朋好友和家人歡宴祝福；我身邊的他擁有良好的家世背景，對我的愛情像日正當中的艷熱陽光；新婚之夜……

豆大的淚珠在我來不及伸手拭去之前滑下臉頰，住在蒼鷹谷那些年長的姑娘們常常交頭接耳，討論新婚夫妻之間的事情，我也渴望經歷那一切，但是我也明白今晚這樣的結束已經很幸運。

我試探地朝著床鋪方向跨了一兩步，開始對摸黑走路有自信的時候，立刻撞到桌子，碰一聲，家具和我同時倒地，同時伴隨著玻璃摔碎的聲響。

「石頭在上，女孩！」崔斯坦大聲抱怨。「我被妳弄得這麼難過還不夠，妳還要破壞我的家具？」

「我看不見！」我對著他大吼，正想爬起來，後腦又撞到另一張桌子。「哎喲！」

我伸手揉搓疼痛的地方，我身上的腫包多到可以收集成冊了，一顆光球突然出現在上方。

「妳還好吧？」崔斯坦像是關心地詢問。

「沒事！」我沒好氣地應聲，爬了起來。

「小心……」他話還沒說完。

尖銳的刺痛竄入腳跟，我痛得皺眉。

「玻璃。」崔斯坦把話說完。忽然一股惻隱之情從我心底深處浮起。

我用單腳跳向床鋪，跳到半途有一股溫暖的力量將我的身體舉起，放在床上。

「我不需要幫助。」我嘟囔著，試著拉起腳踝檢查後腳跟的傷口，結果不太成功。

「對不起，」他走過來。「我忘記妳沒有燈。」

他陳述的方式讓我覺得自己似乎具有嚴重的身體缺陷，彷彿少了大腦或心臟一樣。

「給妳。」他遞給我剛剛拿進來的酒杯，我一碰到杯腳，杯中立刻亮起銀光。

「這個一碰就會亮，」他再次接過去。「放下就熄滅。」

我像個貪心的小孩，一股腦兒將寶貝搶過來。

「不用客氣。」他說。我漲紅臉，這才發現自己剛才的動作很沒禮貌。

「讓我看看妳的腳。」他伸手抓住我的腳踝，雙眉深鎖，低頭檢查插在後腳跟的玻璃碎片。我緊緊握住發光的酒杯，屏住呼吸忍耐。

「準備好了？」他直視我的眼睛。

我迅速點頭。內心暗暗希望腳不臭。

一陣刺痛襲來，沾血的玻璃飄向半空中，掉在床舖旁邊的桌子上。

「你從來不動手嗎？」我問。「我是說，沒有不用魔法的時候？」

他微微一笑，從口袋掏出絲質手帕，包住我的腳。「有時候。」

腳踝傳來手的熱度，我硬是把腳抽回來，迴避他的目光。我拉起棉被，小心翼翼地放下酒杯，看著火光黯淡熄滅。他沒有點燃取代的光球，任由黑暗包圍。

「希賽兒？」

「嗯？」

他猶豫不決，寂靜中傳來嚥口水的聲音。「明天早上他們會問起……確認我們是否……」

我默不作聲，聆聽他的呼吸聲。

「我要妳用具有說服力的謊言敷衍他們，不然我怕後果不堪設想。」

「如果你擔心我撒謊能力不佳，說得荒誕不經，幹嘛不自己說？」我反問他。

他似乎惱羞成怒。「因為我做不到。」

「做不到是什麼意思？」我端起酒杯，想看清楚他的臉龐。

「因為巨魔無法說謊，我也一樣。」他指著抱枕。「這是紅色的，我就不能胡謅它是別的顏色。」

我眉毛一揚。「我不信。」

「光是這一天就有這麼多奇遇，妳竟然選擇在這個時候懷疑？」他厭倦地伸手摸臉。「信不信由妳，欺騙他們就對了。如果妳不肯，被父親發現我們違抗命令，到時候就是吃不完兜著走。」

「你很怕他？」我問。

「我不……」他欲言又止，默不作聲過了好一陣子。「我寧願受懲罰也不願意妥協、降低自己的標準，這方面妳可以放心。」

我把杯子放回桌上，火光熄滅，臉頰紅得發燙，拉起棉被蓋住自己，希望黑暗中他看不到我的臉。

知道他不會霸王硬上弓讓我如釋重負，卻也被他這番話刺傷。每回參加慶典和舞會，男孩子競相邀舞的對象向來不是我，而是我那個性活潑、一頭金髮的姊姊，但也不曾有人這麼直白地說我搆不上他的標準。

「好。」我嘀咕回應。

他慢慢走過房間，躺在長椅上，身體來回變換好幾次才找到舒適的姿勢，終於安靜下來，他的心情跟我一樣茫然、大惑不解。我想生悶氣，怒火卻棄我而去。我弓腳貼向肚子側躺，盯著漆黑的酒杯。

「謝謝你。」我低語，感覺他逐漸放鬆下來，鼾然入睡。

不論他以為我是感謝他給我火光、給我緩刑的機會，或是包紮我的腳踝，隨他愛怎麼想都好，只有我知道真正的理由。心底燃起了希望的火苗，我在黑暗中微笑。

他給了我逃跑時第一個需要的工具。

10 希賽兒

「我的衣服在哪裡？」忽地傳來的怒吼聲震天價響。

我猛然驚醒，手肘撞到床頭板。希望是南柯一夢的可能性因為崔斯坦站在那裡而破滅。他抱了一堆五顏六色的絲綢衣裳在房裡橫衝直撞，兩個貼身侍女和另一個灰衣裝束的男僕站成一排，垂著頭挨罵。我拉起棉被遮到肩膀，看著崔斯坦衝進更衣間、抱了另一堆衣服出來，氣沖沖地丟在地板上。

「為什麼我的衣櫃都是女裝？」他怒斥。

「都是我的嗎？」我興致盎然地看著這一幕。

他那銀色眼珠盯著我看。「呃，我篤定這些絕不是我的衣服，除非妳認為我心血來潮的時候，喜歡男扮女裝在宮廷裡表演。」

艾莉忍不住咯咯發笑，隨即用嘴摀住嘴巴。

「妳覺得很好笑？」崔斯坦對她怒目相向。

「對不起，殿下，」她說。「您的衣服在另一個衣櫃。」

「為什麼？」

「皇后認為大衣櫥比較適合擺放夫人的禮服，殿下。」

「她這樣認為，是嗎？」他又衝進更衣間抱出另一堆。「就剩這些了。」

「你把衣服弄得皺巴巴，」我說。「柔依和艾莉要浪費一整天的時間重新整理燙平。」

「她們可以掛在別的地方。」他蠻橫地說。

「你在增加她們不必要的工作量。」

「貴族的任務就是要創造工作，」他故意抬腳去踢衣服。「管他有沒有必要性，少掉我們的努力，誰知道生產力會不會慘不忍睹。」

我朝他翻了個白眼，逕自起身下床，拉住床單一角，開始鋪床。

「妳在做什麼？」崔斯坦叫得驚天動地。

「你覺得呢？」

「淑女不能自己鋪床！這種自動自發的精神別人會議論紛紛，說妳缺乏淑女風範！」崔斯坦繼續鬼吼鬼叫。

火氣瞬間往上飆升，我旋風般地轉過身去。

「哦，老天，」我大聲嚷嚷。「我顯然忘記自己最新的人生目標就是要創造工作量。」

我扯下所有的毛毯拋在地板上，其次是把枕頭亂丟，光是這樣還不夠，接著我又在房裡遊走，拿起椅子裡的靠墊四處亂丟，最後一只還蓄意針對崔斯坦的後腦勺丟過去，靠墊立刻被定在半空中不動。

「妳把我的房間弄得亂七八糟。」他怒道。

「是『我們』的房間！」我回敬更正。

「這是怎麼一回事？」皇后走進屋裡，開口詢問的卻是背後的妹妹，皇后習慣性地回過身去，讓妹妹面對大家。

「請妳解釋為什麼她要留在我的臥室裡？」崔斯坦先發制人。「宮殿這麼大，肯定有其他的空間可以安頓她吧？」

「她是你的妻子，崔斯坦，你們共處一室具有提醒作用，讓你不要忘記自己的責任。」矮小女爵冷靜地回應道。

「不可能忘記的。」崔斯坦尖酸回應。「而且我敢拿一大簍黃金打賭，絕大多數的男性只需要五分鐘、最多十分鐘就可以履行夫妻義務，如果還能有更長的時間就把浪漫的風花雪月計入。不過我敢說你們不會相信我身上有任何浪漫的骨頭存在。」

「她留在這裡就對了，除非我另有安排，年輕人。」女公爵大吼一聲，雙手橫放胸前，「不要再當被寵壞的小鬼了，你要開始像個大男人。」

「我想怎樣就怎樣，一切隨我高興！」

我笑嘻嘻地目送他衝出房間，片刻後隨即察覺他心滿意足的情緒和我的感受如出一轍，這實在沒有道理，臥室看起來就像遭遇颶風侵襲。我再次回想起來，突然領悟他大發雷霆的過程中，我沒有接收到一絲一毫憤怒的情緒，所以剛剛那一幕只是展現他的演技，目的是什麼？

女公爵將注意力轉到我身上。「嗯？做了嗎？」

必須用謊言來隱瞞。

「是的。」我嘀咕著，屈辱感不是出於偽裝。

「好極了，你們人類跟兔子一樣繁殖力超強——或許新生的嬰兒是關鍵。」

女公爵用魔法勾起我的下巴。「他們預測過我這輩子會經歷風風雨雨和諸多事件，女孩，」她說。「至今預言都正確無誤。妳明白我在說什麼嗎？」

我點點頭，其實茫然不解。「他們」是誰？關於未來的預言不是出於女公爵嗎？

「很好，妳要不要打扮一下進城去逛逛，幫自己買些漂亮的東西。」

「安全嗎，公爵？」艾莉問道。「才發生暴動……」

「安全無虞，」女公爵厲聲說道。「國王下令召告任何人膽敢傷害她，必定遭受極致嚴厲的懲罰，並用法律確保她的福祉和地位。再者讓她以公主身分現身在大庭廣眾之下，就是我們持續相信預言正確可靠的證明，有助於穩定局勢，讓暴民安靜一陣子不鬧事。」

「我身無分文。」我嘟噥一句，打從心底懷疑一雙新鞋就足以彌補一群憤怒的巨魔暴民把我砍頭斷腳的風險。奶奶常說眼紅是人類的天性，憎恨那些過得比他們優渥的人。要我穿金戴銀、到處炫耀似乎不是增加群眾支持度的好方法。

女公爵微笑以對。「妳現在是皇室成員，希賽兒，信用額度無限，走到哪裡都可以賒帳，她們會帶妳去最好的店鋪消費。」

「是，公爵。」艾莉喃喃回應，「聽說今天早晨有一批上好的布料會送到——夫人或許想要再添購一件禮服。」

五顏六色的衣服被崔斯坦丟得到處都是，我瞥了一眼，無法理解為什麼還需要新的。打扮得花枝招展又不能保證我的性命安全。我緊鎖雙眉，低頭描畫手指之間的銀色紋身，心裡想著：好吧，萬一橫死街頭，屍體至少是穿金戴銀。

「好建議。」女公爵彈一下手指。「下去吧，讓我們獨處一下。」女孩一溜煙地離去。

「妳有勇氣和個性，希賽兒，這一點我早有預期，想當然耳妳會處心積慮尋找逃脫的途徑，但我勸妳還是省省力氣，盡早打消念頭，因為逃出厝勒斯是不可能的。在我看來，妳只有兩條路可走：縮起身體躺在地板上等死，或是好好活著，享受每一天的驚喜。在這裡只要妳開口，華服、珠寶、來自地上島國的美食佳餚，統統任妳享受。」女公爵偏著頭思索。「如果妳想要，也可以再受教育，朝藝術方面更上層樓，希賽兒，妳可以變成傑出的女性，也可以繼續當囚犯，由妳決定。」

「明白。」我說道，目送皇后滑步離開。

世上的一切應有盡有，唯有我真正想要的東西例外。不過她說我只有兩條路可走是錯的，我既不會坐以待斃，也不會就此放棄，我會好好活著，善用每一天，為生命中最寶貴的關鍵——我的自由——而奮戰。

❦

城裡處處留下昨晚暴動過後的痕跡，放眼望去，每個地方都有灰衣打扮的巨魔撿拾碎玻璃，或是把一堆一堆砸爛的石頭搬上馬車，讓其他人推車送走。即使每個人頭頂都有一簇飄搖的光球像警示燈一樣，他們卻靠著勞力，用掃帚和鏟子清理。

「運用魔法不是輕快又省事？」我問道，把發光的酒杯抱在胸前，不管艾莉費盡唇舌左哄右勸，就是不肯把杯子放在屋裡。

艾莉瞥了工人一眼。「當然，如果他們還有足夠的能力，可惜欲振乏力。」

「喔。」擦身而過的時候，我極力避免盯著他們突然低頭的動作。

眾多光球的光芒映出空氣中懸浮的灰塵微粒，加上一線陽光從石頭縫隙中灑下，讓塵土造成的霾害更是朦朧。街上的巨魔三兩成群，步履匆匆，嚴肅的表情懷著戒備。應該沒有幾個人會去留意城市的規模大小，只是在我看來，厝勒斯似乎擁擠得讓人窒息，感覺每個人都需要十倍的活動空間，不然就會撞在一起。這裡就像塞住的瓶子，隨時有爆炸的可能性——施咒的女巫必定法力高強，才能壓制至今。

但最糟的是他們對待我的態度，有陰鬱的眼神、有的惡言相向，有的甚至用腐爛的水果攻擊我，這些都在預料的範圍，不過有幾次差點當街相撞，逼得我急忙跳開，不然就有被撞倒的危險，這才領悟他們決定把我當空氣。

艾莉找了兩個魁梧的侍衛吉路米和亞伯特擔任左右護法，他們一樣對我視若無睹，兩個人興高采烈地討論昨晚的餐點，並對今晚的菜色內容充滿期待。裁縫師更是如法炮製，相關的問題一概找艾莉解決，最後連她也被感染，行徑越來越大膽，根本沒把我放在眼裡，主僕易位的程度連我都開始懷疑誰是僕、誰是主。

「他們似乎把所有的過錯都推到我身上。」出了店鋪，又一個傢伙把我當空氣，我忍不住抱怨。「又不是我害你們卡在洞裡永遠出不去。」

艾莉扮鬼臉。「別說傻話——他們很清楚您根本沒這個能力。」

「您根本沒這個能力，夫人。」我提醒她補上尊稱，笑得很甜美。

「以您尊貴的身分，這種表現似乎輕佻了些，夫人，」艾莉狡黠地回應。「如果我想整您，把您倒吊在半空中是輕而易舉。」

「請便，沒有人會在意，而且這雙該死的鞋子夾得我腳好痛。」我抱怨。

「噢，他們都看在眼裡。」艾莉嘀咕，突然壓低嗓門，一隻眼睛盯著緊隨在後的侍衛，他們的注意力似乎放在剛買的糖霜蛋糕上，沒空留心我們的交談。

「莫庭倪皇室家族，」她開口。「讓您和王子殿下聯結的舉動震驚全國，這樣的聯姻竟然還解不開咒語的束縛，大家都以為您會被鎖進衣櫃從此失蹤，沒想到皇室還讓您出來招搖，彷彿您是真的公主一樣，」艾莉笑呵呵地說下去。「人們拭目以待，等待貴族世家的反應——看他們是否真的認可您的身分。」她謹慎地對著經過的巨魔比個手勢。「他們不是視若無睹——只是在見風轉舵之前，要看他們發誓效忠的陣營作何反應。」

「那要等到什麼時候？」我回頭去看剛剛擦身而過的女人。

「快了。」艾莉說道，「等答案揭曉，您可能希望他們慢一點。好了，現在問夠了，記得抬頭挺胸，昂首闊步，彷彿您屬於這裡。」

艾莉對我的抱怨置之不理，繼續在街上閒逛，又在各家店舖進進出出，走到我腳上的水泡終於破皮。這趟炫耀之旅唯一的好處就是讓我迅速了解城裡的區域分布。迷宮大門位於河流西北邊，皇宮和有錢人的府第也在這一區，但昏暗的光線讓人看不清楚哪裡是溪谷頂端和上方石頭的交界點，艾莉解釋被石頭壓垮的住家廢墟早在幾百年前就清理乾淨，迷宮其餘的出入口皆以石頭和灰泥封閉。

「為什麼？」我好奇地想要明白他們進一步封閉城市、與世隔絕的原因。

「封鎖死妖。」她說。「牠們一直想闖進城裡，偶爾有突破障礙的時候，牠們致命的劇毒連我們都承受不住。」

想起白色龐然大物在黑暗中拱起身體，我就渾身發抖。

「不用擔憂……夫人，那種情況很罕見，這裡家家戶戶都備有長矛，專門對付死妖。殿下臥室的角落就有一支，如果您想看的話。」

「撐起石頭的魔法不能抵擋牠們嗎？」我問。

「您說樹嗎？」艾莉尖銳地看了我一眼。「不行。」

「為什麼叫樹？」

「形容它以前的模樣，」她舉手指著上方。「就像樹幹撐起枝枒往外擴張。」

「哦，」我眉頭深鎖，凝視漆黑的洞窟上方。「那現在它像什麼？」

「目前的結構比樹幹複雜很多。」

「魔法源自於哪裡？」

「您應該問『是誰』才對。」她更正，我驚訝地眨眼睛。

「魔法來自於內部，」她繼續解釋道。「所以您要問魔法是由誰而來。」

我正想開口再問一遍，艾莉突然打岔。「這是阿媞森藝品店，」她說。「或許您想進去看一下他們的工藝品？」她指著店鋪入口詢問。

我只能點頭，她的口氣帶著命令，顯然不是提議而已。老實說，我不想把時間浪費在店鋪裡——更想去谷底一探究竟。河水流過城市通往大海的時候一定有出口，或許我也可以循線逃出這裡。然而艾莉似乎執意要我進去參觀，最好讓她相信我是漫無目的地跟著閒逛，不是心裡另有盤算。

推開店門，鈴鐺清脆響起，店裡光線明亮，店主深深地屈膝施禮，我目不轉睛望著店主身旁的婦人，她的棕色眼珠好奇地盯著我看。

「妳不是巨魔！」我驚訝地脫口而出。

「您也不是。」婦人回敬。

店主眉頭一皺，有趣的是她不像其他人那樣對我視若無睹。

「夫人，這位是艾莫娜妲・蒙托亞，專營高級貨的商人。」

婦人揚起一邊眉毛。「夫人？坦白說，巨魔對人類的稱呼我聽過很多種，從來沒有這樣的尊稱。您就是那個跟王子殿下聯姻的女孩。」

我輕輕點頭承認。

「自願的？」

「不是。」

艾莫娜妲眉宇深鎖、搖頭以對。她雖然是男裝打扮，但單看衣著布料就知道價值不斐，身上配戴的珠寶也不少，顯然她和巨魔的生意擁有很高的獲利。

「您甚至不知道有這個地方存在，現在卻莫名其妙被捲入政治鬥爭的浪潮裡面。」艾莫娜說。

「除了解開咒語之外，」我說。「我不知道還涉及政治的明爭暗鬥。」

「一談到咒語，就沒有政治立場的差異和選邊站的問題，」她說。「巨魔團結的唯一理由就是希望破除咒語，恢復這個地方的自由。」

回想起任務失敗的時候，崔斯坦的情緒變化和群眾的反應有天壤之別。「如果他們團結一致，」我蹙額說道。「怎麼還有被卡在中間的問題。」

艾莫娜妲正要開口，巨魔店主打斷她的話。「妳太多嘴了，蒙托亞。往來這麼久，早該學會閉上嘴巴，不要多管閒事。」

「去跟交易監察官舉發啊，」艾莫娜妲回應店主，似乎不甚在意。「至於妳有什麼好指控的，我就不懂了。」

「妳越俎代庖。」巨魔雙手插腰。

「我不知道這樣也犯法，」艾莫娜妲嘴角一歪，「芮根，妳何不順水推舟賣個人情，讓我們單獨聊一下。」

「要我幫忙？」巨魔眼睛一亮，精神大振。「拿什麼交換？」

「該死的貪心鬼！」艾莫娜妲咒罵。「總有一天會倒大楣！妳要什麼？」

芮根笑嘻嘻地不以為忤。「我不擔心倒楣，蒙托亞，」她搓揉雙手，「妳欠我一個不大不小的人情，條件由我決定。」

「只能換小的。」

巨魔店主搖搖頭。「她是王位繼承人的妻子，重要性非同小可。」她嘴角閃過一抹惡意的微笑。「陛下為了枝微末節的小事都可以把人類送上斷頭台，何況她是皇族。」

聽了這番話，我嚇得倒抽一口氣，艾莫娜妲卻一臉鎮定，眼睛眨都沒眨。「凡人總有一死，走得痛快也不錯。」

「對妳而言或許是這樣，」芮根的手掌互相搓揉。「你們人類非常脆弱。」她的目光飄向艾莉。「告訴我，姑娘，上次那個混血種撐了多久才斷氣？那時套索吊住他的脖子，高等血統的一面力求存活，而人類的那部分卻把他拖向死亡？」

氣氛陷入死寂，我不寒而慄。

「六天，」芮根自問自答。「我猜是同情者於心不忍，加工了斷他悲慘的煎熬。」她嘿嘿地笑。「嗯，我要重新考慮，要我退席必須用一個大大的人情來交換。」

艾莫娜妲厲聲說道。「包括妳要保持沉默，否認這段對話曾經發生過。」

巨魔考慮了一下，點頭同意。「一言為定。」

魔法的力量微微刺痛我的肌膚，巨魔店主不再多話，一跛一跛、腳步蹣跚地走向店舖後方，鮮黃色裙襬拂向她手中的拐杖。

「妳應該討價還價，議定具體的條件。」艾莉悶悶地說。「開放性的承諾是一大讓步。」

她們的對話超乎尋常的古怪，對方顯然發現了我不安的反應。

「巨魔看重恩惠的程度勝過黃金，」艾莫娜妲解釋道。「一旦做出承諾，不論是什麼代價都會信守到底，所以不會平白無故地許下承諾、不求回饋。」

「妳對巨魔不能出爾反爾，阿姨，」艾莉警告。「相信我，她會在妳措手不及的時候催討這筆債，狠狠挖走妳的一塊肉。」

我驚訝地眨眼睛。「妳們是親戚？」什麼事情如此重要必須讓我知道，值得她們付出剛剛議定的代價？

「沒錯。」艾莫娜妲率先承認。「我的傻瓜妹妹愛上巨魔，唯一的好事就是生出這兩個女孩。」

「她自己願意和巨魔結婚？」我藏不住驚訝的語氣，明明她剛剛才說巨魔不能和人類結婚，可是怎麼會……

「沒有結婚，」她答道。「因為巨魔禁止和人類聯姻，不過房門後面發生的事情，他們很難監控得到。」她眨眨眼睛，我尷尬地別開目光。

「既然禁止，為什麼容許崔斯坦和我破例？」

「如我剛才所言，他們不惜一切代價只求破解咒語的束縛。」

「只要能破解女巫該死的咒語，就算要你和山羊交配，我都樂見其成。」國王那番話迴響在腦海裡。

「他們不太尊重人類，對嗎？」我直截了當地問。

「尊重？」艾莫娜妲反駁。「說輕視才對，人類在他們眼中只比動物略高一級，更把人類和巨魔生下的子女看成眼中釘，只配當奴隸被呼來喚去。他們痛恨人類，勉強容忍人類的存在是因為需要我們的貨品才能生存。」

「不是所有的巨魔都這樣認為。」艾莉輕聲說道。

「有影響力的都一樣，尤其是貴族。」艾莫娜妲朝地上呸了一聲。「妳應該見識過那些變態的生物，他們不肯紆尊降貴和巨魔平民聯姻，堅持在皇室家族之間挑選對象，落得宮廷裡面都是些近親交配產出的怪物，畸形、病態、瘋狂的一大堆——唯獨法力超強。」

我眼前立時浮現馬克那張經常隱身在黑暗中的扭曲臉龐，忍不住戰慄。

「阿姨，妳嚇到她了。」艾莉提醒。

「很好，會害怕才是對的，環境如此殘酷，她要幫忙就必須了解現況。」

「別說了，艾莫娜姐阿姨！」

兩人之間緊張的氣氛觸手可及。我不是傻瓜——艾莉帶我進來這裡就是要聽她阿姨說這些話，只是對話的尺度超過她預期的範圍。

「幫忙什麼？」我追問。

「妳應該讓她抽身而退，不是介入更多。」艾莉氣憤地指控。

「不要當著我的面談論，卻把我當成隱形人，」我厲聲說道。「妳帶我來就是要告訴我一些事情，說吧，不要拐彎抹角。」

艾莫娜姐和艾莉怒目相向，最後是年輕女孩讓步。「隨便妳，妳就是這樣。」她阿姨點點頭，傾身靠過來，壓低嗓門竊竊私語。「厝勒斯有一批人在推動提高這些混血種的待遇——強調平權對待。現有的規定是只要非純種的嬰兒就生為奴僕，所有權人不是貴族就是雇用該母親的公會商人——有些罕見的案例是父母一方是純種巨魔，小孩滿十五歲的時候被放到市場上標售，出價最高者得標，價金歸皇室所有。他們被當成動物買賣交易，直到年紀老邁沒有用處了，就被丟進迷宮的坑道作為死妖的食物。」

我不寒而慄，之前在迷宮死裡逃生的記憶仍鮮明無比，但我至今竟還抱持著逃出去的僥倖——一時無法想像那種知道自己不管跑得再快、躲得多隱密，還是死路一條的感受，對巨魔來說，就是無路可走。

「有些根本撐不了那麼久，」艾莫娜妲輕聲說道，「有些女孩才滿十五歲，因為不小心將湯汁灑在女主人的裙子上，就被處死。」她伸手指著我。「蒙托亞家族也算有錢有勢，我不會袖手旁觀，任由外甥女因為老掉牙的歧視和錯誤觀念被貶損成奴僕階級，或者淪落為巨型蛞蝓嘴邊的食物。」

「我能理解。」我將雙手抱在胸前抵禦寒氣。「只是不明白妳希望我怎麼做，在這裡我無權無勢。」

「巨魔容許他們的一份子和人類結合，這件事就是一項顛覆傳統的創舉，何況對方還是來頭不小的莫庭倪王子。五百年來沒有一個凡人擁有這樣的地位，有朝一日您會貴為皇后——生下未來的皇位繼承人，而您的孩子就是混血種。」她的眼睛閃爍著興奮的光芒。

我並沒有意願讓事情發展到那一步，但既然艾莫娜妲是第一位願意坦誠回應所有疑問的人，我也樂意繼續聽她說。

「我看不出來這裡有任何改變的希望。」但願潑一些冷水能促使她透露更多訊息。「一小撮混血種和幾個人類如何對抗強大的魔法？」我提問。

「不只一小撮，」她答道。「贊同這種想法的支持者遠比妳想像的還多。」

「他們擁有任何權勢嗎？」

艾莫娜妲欲言又止，張開嘴巴又閉起。

「跟我想的一樣，」莫大的挫折感往上竄升。「你們的困境我深表同情，但我連線的對象正是你們想要推翻的人，唯有笨蛋才會在背後密謀反叛。」

這句話一出口我便懊悔了。或許這麼說太輕率、太急躁，假如同情勢力能成為氣候，影響力不容小覷的話，他們可能也願意助我一臂之力，包括傳送消息給我的家人。我開始認真考慮將會面臨的風險，萬一被發現，國王肯定派人嚴密監控我的一舉一動，逃出生天的機會更加渺茫，天曉得還會為此受到什麼恐怖的懲罰，假如被他發現那些人試圖幫助我，國王怎麼對付他們就更難說了。

我想假裝不為所動，但是厝勒斯這些混血人士悲慘的處境讓人憤慨，我忍不住要為他們打抱不平。我恨國王，他們也恨，這個理由就足以讓我決定加入他們的陣營。

「我現在受到嚴密地監控，」我小心翼翼地選擇措辭。「不過我會認真考慮妳說的一切，如果有機會幫忙……」

鈴鐺突然響起，大家嚇了一跳，亞伯特探頭進來，看到艾莫娜妲也在店裡，他的臉色立刻沉下來。「妳在這裡做什麼？」

「和芮根談生意。」艾莫娜妲說道。

「那她在哪裡？」

「我在這裡。」巨魔店主一跛一跛、慢慢地從門簾後走出來。

「您最好出來，夫人，」他說。「不能和人類扯上關係。」

我百般不情願地跟著他走出店面，艾莉尾隨在後，街道的景象如同先前，巨魔忙碌地來來去去，但我卻看到了過去所沒發現的。那些灰衣打扮的巨魔之間的差異開始變得鮮明起來，如同我在艾莉和柔依身上發現的一樣：髮色比較淺、皮膚紅潤，最重要的是他們有著人類的眼睛。

半小時之前我還覺得自己像隱形人，現在才留意到那些低頭清掃街道，或是在打扮鮮豔的仕女後方拎著大包小包的傭人們偷偷打量我的眼神，巨大的重擔不請自來地落在肩頭——他們正期待我伸出援手。

「夫人？」亞伯特停止進食，這是今天以來他第一次對我露出好奇的眼神，我才發現自己站在交叉路口，因而逼得其他人繞道而行。

「等一下。」我低聲呢喃，閉上眼睛慢慢轉動身體，像羅盤搜尋著北方，睜開雙眸的時候，向著河谷對面，一位身材高大的黑衣人站在對岸回應我的凝視，一手握住劍柄。他的模樣和其他人大同小異，但我直覺認為是崔斯坦。

「艾莉？」我的聲音有些沙啞。

「是的，夫人？」

「誰……擁有妳？」

沉默良久。

「殿下。」她扯著腰部黑白相間的腰帶，我才留意到上面繡著的字體，TdM。她的腰帶上竟然繡著崔斯坦名字的縮寫字母，就像他的襯衫一樣——私人物品。

「柔依也是嗎？」我問。

「對，截至目前，莫庭倪家族總共擁有三百二十一位個體。」

「截至目前。」我重複一遍。我開始耳鳴、手指抽搐,有一股想要發洩的衝動,對人對事都行。「這個數字包括我嗎?」

艾莉摀著胸口。「不,」她說得結結巴巴。「當然沒有!」

「不要騙我!」我喝斥一聲,握著酒杯的力道收緊,猛然轉身對著溪谷尖叫,發洩心底的憤恨,崔斯坦不見蹤影,我像痙攣似地左右張望,在對岸搜尋他高大的身影,但他早已隱入人群。

忽然傳來一陣哄堂大笑,我轉身一看,嘴角黏著糖霜的亞伯特和吉路米笑到捧腹,餅乾屑掉在地上。

「他在哪裡?他在哪裡?」他們比手劃腳演起默劇,模仿我剛才轉圈圈的模樣。行人不再視而不見,不論哪個方向,都有巨魔看得趣味盎然,笑嘻嘻地竊竊私語。

艾莉伸手拉我。「別這樣,您在鬧笑話!」

我猛然爆發。

酒杯摔向石頭,玻璃應聲碎裂,魔法掀起碎片飛到半空中,艾莉往後跳開,猛然撞上兩名侍衛。明知道沒有逃脫的機會,我還是拔腿狂衝。

沒人阻撓。

我穿梭在巷弄和街道之間,一路下坡朝著河流的方向,聆聽洶湧的水聲——溪水總有出口的地方。我有傲人的泳技,只要潛入水裡,就有逃脫的希望。

我邊跑邊踢掉鞋子,赤腳溜進窄小的巷弄、右轉。該死,竟然碰到一堵石牆,轉頭回溯原來的地方，一道黑影堵住巷口，懸空的光球射出惡兆的光芒，得意的笑聲傳入耳際，回音在牆壁間震盪，從各個方向抨擊我的困境。我回頭奔向石壁，縱身一跳，手指攀到邊緣，兩腳懸空，雙手使勁撐高身體，腳踝跨過頂點，從另一頭溜下去。

「跑，跑，跑，小姑娘！」我跌跌撞撞，嘲諷的笑聲亦步亦趨，緊追不放。

「妳真的認為自己逃得掉？」問句來自於頭頂上方，抬頭一看，發現吉路米坐在屋簷上，雙手撐在背後，腳踝交叉，好整以暇地守株待兔。

我氣得發抖，他們在戲弄我，就像兩隻貓在捉老鼠一樣。

但我不是老鼠。

一腳踢開房子後門，在漆黑中摸索前進，直到前門出口，我只推開不出去，而是躲進旁邊的窗簾後面，雜沓的腳步聲停在前門的石地上。

「你有看到她跑去哪裡嗎？」

「進了屋裡，」傳來含糊地回應。「沒出來。」

腳步聲越來越近，進了房子，經過窗簾旁邊，我不敢喘氣。

「一定躲起來了，上樓查看。」

我又等了一會兒，才從窗簾後面溜出來，另一個房間有微微的亮光，我躡手躡腳地走向門口，奪門而出時立刻看到橫跨溪水的橋面，就在幾碼以外，只要加快速度應該能夠及時到達目的地。

光腳踩在冰冷的石地上，穿過街道跑上拱起的橋面，翻過欄杆，洶湧的溪水在腳下奔流，衝撞橋墩時激起諸多水花，濺在臉上冰冰涼涼的。我深吸一口氣，告訴自己我可以。

「希賽兒，不要！」

一躍而下時，我看見艾莉站在溪流附近的人行道上，身體急速下墜的同時我驀然醒悟自己犯了嚴重的錯誤。我恐慌地看著溪水逼近，尖叫聲破空響起，隨即戛然而止，因為腰部突然被某種東西綑住，往上拉提，整個人背部著地躺在橋中央，下方水花四濺。

我撐著欄杆爬起身來，駭然瞥見一個灰影被溪水沖向下游。

「她在那裡！」兩名侍衛顯然在這個時候才發現我人不在屋裡。

「快救她！」我大聲尖叫，伸手指著河面。「艾莉掉進水裡了！」

吉路米臉部扭曲，猶豫不決了幾秒，隨即衝向水邊。

亞伯特正要上橋，我撩起裙襬溜向另一端，跑進人潮擁擠的市場。

巨魔和混血種勉強讓出路徑，我推擠前進，不確定要往哪裡去，只曉得不能停。

突然間，我聽到一個熟悉的口音。

「我看要等一兩個星期，今年的雪融得比較慢。」

我加快腳步，四處搜尋，終於發現目標，一群黑髮巨魔裡面冒出一顆金色的頭顱，旁邊是那頭熟悉到不行的騾子，我彷彿看到救贖的曙光，心中的期待遠遠超過看見他在厝勒斯出現的震驚。我一把撩起裙襬，狂奔過去。

「克里斯多夫！」我大叫。「克里斯！」

金髮男孩轉過身來，看到是我，他驚訝地睜大眼睛。「希賽兒？」

我張開手臂環住他的頸項，鼻尖聞到馬匹、乾草混合著陽光的味道——極度熟悉的感覺。

「老天爺！」他驚呼一聲。「妳在這裡做什麼？大家都在找妳！我們在田裡找到妳的馬，也在樹林裡發現掙扎扭打的痕跡。」

「路克挾持、綁架了我。」我哽咽地說，臉龐埋進他的脖子，吸入家鄉的氣息。「他把我賣來這裡，你一定要救我，一定要告訴我哥哥，要帶我回去。」我知道自己語無倫次，但我無法控制自己。「你要幫我，克里斯，求求你！」

他僵住不動，雙臂緊緊箍住腰間，我抬頭一看，發現周圍的巨魔憤怒地瞪大眼睛。亞伯特擠進人群裡，臉龐扭曲，陰沉地皺著眉頭，大家退後一步，讓出空間給他。

「放開她，人類。」亞伯特咆哮。

克里斯鬆開雙手，讓我站在他和馬車中間。「我不同意。」

「這不是請求，笨蛋。」亞伯特大搖大擺走過來，相較於笨重的身體，他的動作似乎太敏捷了。

人潮又一陣騷動，全身溼漉漉的艾莉走近，繞過亞伯特，匆匆跑過來。

「您必須停止這些瘋狂的舉動，希賽兒。」她氣喘吁吁，溼答答的頭髮黏在臉上。「您會害死他們！」

「走開，壞心腸的傢伙！」克里斯一拳揮過去，艾莉輕而易舉地低頭閃開，但是災難已經造成。

亞伯特怒吼一聲，克里斯被拋向空中，然後撞在地上。

我尖叫地抓住他，徒勞無功地試圖阻止那股隱形的力量，結果跟克里斯一起在半空中抖動，就像被發狂的地獄惡犬一口咬住的破布娃娃。

「不要傷害她！」艾莉大叫。

一股力量把我拉開，跌在馬車旁邊的草堆上。

克里斯依然被魔法制住，亞伯特把他壓在石頭地上。

「放開我！」克里斯咆哮著，奮力對抗隱形的枷鎖，不過一點用都沒有。

「殺了他！」群眾裡面有人大喊。「他違背規定！」

「讓他死！」另一位跟著鼓譟。「割開他的喉嚨！」

克里斯的詛咒聲突然靜止，臉孔頓時漲成紫紅色。

「我喜歡窒息而死，」亞伯特笑嘻嘻地宣布。「乾淨俐落，省得事後清理。」

「懲罰是交易監察官的責任！」艾莉強硬地提醒。「你越權了。」

「別插手，艾莉，」亞伯特說道。「我不希望妳受傷。」

「這裡在吵什麼？」群眾如潮水分開，崔斯坦怡然自得地走過來，中途停步拍拍騾子的鼻頭。

我撲倒在他腳前。「叫他們住手——他們要殺克里斯！」

「我看到了，」他說。「應該是他惹事生非、自作自受。是吧，吉路米？」

「他對艾莉小姐揮拳頭，而且，」他提高嗓門補充一句。「對我不敬。」

「是嗎？」崔斯坦挑起眉毛。「很難想像是為什麼。」

「他……」侍衛正要回應，崔斯坦打斷他的話。

「是，是，亞伯特，我相信你，你介不介意……」崔斯坦作勢擦擦嘴巴。

「噢！」亞伯特拉長袖子擦臉，抹去嘴角的粉紅色糖霜。「對不起，殿下。」

「好多了，」崔斯坦叮嚀。「如果要做壞事就要像個凶神惡煞，演什麼像什麼，這點很重要，不然效果就會變差。」

我試圖引起他的注意，卻被晾在一邊，我在群眾中逡巡，希望有人願意伸出援手，然而混血者紛紛退縮。克里斯的父親傑若米雙手握緊拳頭，驚恐地睜大眼睛，站在群眾邊緣，卻不是看他垂死的兒子，反而盯著崔斯坦。

「你們希望這個男孩因為無禮而被處死嗎？」崔斯坦高聲問道。

「殺了他！」眾人鼓譟。

我過去抓他腰間的短劍，必要的話，就算刺他一刀也好。他扣著我的手腕，壓住不動。

「誰想看他血濺街道？」他的音量壓過歡呼叫好的聲音。

「殺了他！」大家狂吼。

「誰希望再一次承受飢荒的煎熬？」

一片寂靜。

「我就知道。」崔斯坦的聲音傳送出去，扣住我手腕的那隻手動了一下，克里斯急促地吸口氣，亞伯特的魔法被抵消了。

我掙脫崔斯坦的壓制，手腳並用、急忙爬到克里斯旁邊。

「你還好吧？」我低聲關心他的狀況。

「沒事。」他聲音沙啞，臉色逐漸恢復正常。「那個傢伙是魔鬼。」他看著崔斯坦低語。「最卑劣的一位——注意聽他剛剛說的那些話，謠傳他對違抗者下手狠毒又殘酷。」

我皺眉。「但他剛救你一命。」

克里斯齜牙咧嘴、一臉不屑。「妳注意聽。」

「人類是我們的工具，」崔斯坦當眾發表高論。「除非有人能夠教會騾子種田，自行搬運貨物上下車，否則就必須倚賴這些智能低微的生物做那些苦力。」

「我會救妳出去的，」克里斯伸手抓住我的肩頭。「不管代價是什麼，我保證會把妳救出這裡。」

「你們都了解我對人類的感覺，」崔斯坦大聲說話。「但我不會否定他們的用途，一把好刀會割破手指頭，但我不會因為生氣就把刀子融掉！」

「妳聽他大放厥詞，」克里斯氣得七竅生煙。「把我們當禽獸看待！」

「閉上你的鳥嘴！」他父親終於擠來旁邊，一掌揮中克里斯的後腦，我忍不住畏縮。「你母親一定有跟別的男人胡搞，我實在不明白怎麼會生出你這種笨小孩。」

傑若米抓起我的手，望著繚繞在我指間的銀線。「天哪，我真不敢相信會有這一天，」他握緊我的手。「聽我說，希賽兒，仔細聽清楚，妳已經掉進蝮蛇洞，這裡的人各個陰險狡猾、致命殘酷，不說謊並不等於他們不會騙人。」他把我拉近一步，身上都是辛苦勞力的汗水氣味。「記住這句話——聽其言不如觀其行！」

「我不懂！」我低聲呢喃，傑若米的眼神意味著他們要把我丟在這裡不管。

「妳是個聰明的孩子，希賽兒，妳會明白的。」

忽地有五指扣住我的上手臂，熱氣直接滲入衣袖裡，崔斯坦毫不客氣地把我拖起來。「傑若米，你最好盡快離開這裡，相信下次再來的時候，不會鬧得滿城風雨，至於妳，」他怒目相向。「該和我好好談一談。」

我察覺了他惱怒的情緒，提醒自己謹慎因應。被扣住手臂，我只能亦步亦趨跟著他走過街道，不敢拖拖拉拉地抗命。兩名侍衛和溼漉漉的艾莉跟在背後，謹慎保持一定的距離。

「到了，」崔斯坦語氣嚴厲，「這條就是溪水路，妳愚蠢地縱身一跳，像表演特技一樣，就是要去那裡嗎？」

溪谷盡頭是一道險峻的石壁，直達漆黑的頂端，溪水一分為二，流入兩條隧道裡，右側入口洞開，一條窄小的步道通往漆黑深處；左邊以巨魔的燈光照明，架起粗重的鐵條作柵欄，有四名衛兵戍守，兩位面向隧道，兩個背對，各個全副武裝，看起來嚴肅威武、一絲不苟。

然而讓我目不轉睛、幾乎忘記呼吸的是那些插入水面的鐵條，兩兩之間縫隙很小，只容魚類游過去，河水衝撞鐵條的力道幾乎要震破耳膜，如果真的跳進河裡順水而下，無疑會撞死在那裡。艾莉為了救我，差點賠上性命。

崔斯坦似乎不以為意，逕自說下去。「溪水路隧道和通往迷宮的鐵門是厝勒斯唯一的出入口，只有發過重誓、三次都通過考驗的商人才能在溪水路暢行無阻，第一個誓言禁止他們在女巫立定的疆界外討論厝勒斯的存在，另一個是制止他們採取任何危害城市和居民安全的行動。這些誓言受到魔法保護，約束力十足，是無法破解的，妳明白了嗎？」

「是的。」我虛弱地回應，言下之意就是克里斯或其他人都無法救我出去，更不可能把外援帶進來。即使附近的農民知道我在這裡，也不能透露消息給我的家人。

「為什麼我沒走這條路進來？」

「妳的朋友路克天性貪婪，不知滿足，那種渾球沒有資格走這條路。」崔斯坦眼神陰沉地說。

「能在厝勒斯進出的商人還要遵守四條規定，這些不受魔法約束：第一，他們必須對巨魔卑躬屈膝；第二，男人不許碰觸這裡的女性，無論她們是否甘心樂意。身為我的妻子，這條規定當然包括妳在內，我先補充說明，以防妳好奇想問的話。第三，只要進到這裡，一律禁止說謊，我勸妳千萬不要被逮到。第四，不許人類惡意哄抬價碼，貨物和服務都以市價計算。違反任何一項規定，隨之而來的處罰通常必須以生命作為代價。」

「為什麼不用魔法來約束？」我低聲問道。

「因為我父親生性殘酷，不管是人類或巨魔，他都很樂意見到他們流血！」崔斯坦有些激動，回頭看了隨從一眼，再度恢復冷靜地補充。「這些本來有魔法約束，但如此一來就不夠有趣。如果妳明白我意思的話。」

「神哪。」我低語。

「我不能說妳的神不存在，希賽兒，如果祂真的存在，顯然對厝勒斯棄如敝屣，任由黑暗邪惡的勢力統治這裡。」他凝視著滔滔湧流而過的河水。「被魔法束縛是重擔，但是各人隨心所欲採取的行動才是引發痛苦的源頭。」他最後這句話說的聲音很小，就像在自言自語，但一股痛心疾首的情緒驀然湧上我心頭。

我睜大眼睛、不寒而慄。如果崔斯坦說的是真話，克里斯已在不經意之間，因為我而違反了兩項規定，崔斯坦似乎猜中我的想法，繼續說道。

「今天的事端妳是始作俑者，希賽兒，如果妳真的看重同胞的性命，建議妳不要再重蹈覆轍。」

他兀自鬆手，走下街道停在亞伯特和吉路米前面。「我知道你們對她做了什麼。」

他語氣單調、一成不變，但帶來的威嚇效果卻比大吼大叫更嚇人。「完全不經大腦、思慮欠周。」

兩個侍衛忐忑不安地對看一眼。

「她和我相聯，」崔斯坦說道。「表示她的感受會傳遞給我，」他伸手握住劍柄。「你們傷害她，等同傷害我，不然我父親何必下令不許任何人動她一根汗毛？」

兩個壯碩巨魔嚇得雙膝顫抖、跪地求饒。「我們沒想到，殿下。」

「沒錯，」他說。「你們太少用大腦思考。」他回頭說道。「艾莉，送希賽兒回皇宮，她整天都必須留在那裡，我不希望再有意外事件發生。」

「是的，殿下。」艾莉屈膝行禮。

「還有一件事，艾莉，」他補充一句。「無論是否用魔法抬重物，出手之前最好先確認自己的立足點夠不夠平穩。不過這件事妳做得很好。」

一個銀幣破空飛過，艾莉以單手接住，另一隻手則是握住我的手臂。「走吧。」

「他會怎樣對付他們？」出了聽力範圍之外，我立刻追問艾莉。

「他們活該。」艾莉憤憤地說。

「我恨他。」我的聲音連自己聽起來都覺得虛假、含糊。「他是邪惡的怪胎，有其父必有其子。」

艾莉湊了過來，近得足以讓我感覺到她的呼吸。「如果殿下真是這樣的人，您的朋友現在已經死了。」

情勢突然恢復清晰。

艾莉握住我的手臂，拉我前進的力道超乎她嬌小身材所擁有的。「我們必須返回皇宮了。」

一路上，她的評語讓我心神不寧。不久之前，我還相當肯定崔斯坦的行徑恰恰符合艾莫娜妲形容的貴族惡行——生性邪惡、並且憎恨人類，但現在的情勢反而讓我猶豫了。乍看之下他似乎不在乎克里斯的死活，然而艾莉說得對——克里斯違反了規定，足以被判處死刑，但他現在還活得好好的。

傑若米的反應也啟人疑竇，我試著專心回想，重播剛才事件的所有過程，但事情來得太快。傑若米看起來是很擔心，卻不像即將失去兒子的父親那般恐慌；企圖掐死克里斯的是亞伯特，但傑若米的目光卻在崔斯坦身上，為什麼？是因為他對情勢有足夠的了解，知道王子有審判權，或是因為他相信崔斯坦會救他兒子一命？

聽其言更要觀其行。

這是大家耳熟能詳的諺語，傑若米這句話背後有什麼特別的含意？他在暗示崔斯坦饒了克里斯一命、意味著那些憎恨人類的極端言論只是掩人耳目的假象？然而巨魔的本質讓他不能說謊，所以那些話還是有一定的分量，他不能說違心之論，對吧？否則不就是說謊？

下午我獨自一個人待在崔斯坦的臥房，只有艾莉黯淡的光球相伴，不過這也給了我思索的時間，順便扮演偵探，到處翻箱倒櫃尋找相關的線索，幫我洞悉王子的觀點，因為他給人的印象總合起來似乎自相矛盾。我翻閱一疊舊的邀請函，一邊瀏覽，一邊回憶他當時的措詞。

「你們都了解我對人類的感覺……」

或是大眾自以為了解，這句話不算聲明——只是印證大家對他的看法，也可能是一場誤會？

「妳在自圓其說，希賽兒。」我嘟噥著把信件歸回原位，關上抽屜，沒想到卡住了。「該死！」我重新拉開，彎腰檢查究竟卡到什麼東西，是一張卡片。我小心翼翼地抽出紅色邀請函，同時瞄了一眼上頭的黑色花體字，是羅南．莫庭倪王子殿下八歲生日宴會的邀請卡——崔斯坦還有一個弟弟。

「在找什麼嗎？」一個聲音從背後傳來。

我立刻坐起身體，想要掩飾罪惡感，但效果不佳。柔依站在門口，雙手抱胸。

「您沒吃晚餐。」

桌上的餐盤原封不動。「我不餓。」

「王子殿下非常重視隱私，肯定不會喜歡您翻箱倒櫃，偷窺他的私人物品。」

「我沒有偷窺，」我迅速否認。「只是想找張紙。」

「說得好順口，不是嗎？」她尖酸刻薄地反駁。「謊話連篇，都是空泛的諾言，人類如何能夠信任您，真叫我百思不解。」

我挺直背脊。「妳這樣說不是五十步笑百步嗎？你們才是說謊不打草稿的一群人，在小籠子裡針鋒相對，相互爭奪掌控權。妳姊姊帶我去認識妳阿姨，試圖拉攏我參與你們的計畫，背後是什麼用心？請不要忘記，我不是自願來到這裡，而是遭人綁架，我何必自找麻煩，讓處境更加險惡！」我閉上嘴巴，突然察覺室內安靜得詭異，本來不絕於耳的瀑布聲都消失無蹤。

「嚴防竊聽的咒語，」柔依咄道，「今天您差點害死我姊姊——我可不想再害她被送進迷宮等死，只因為您笨得不知道閉上嘴巴。」

「這裡沒有別人，」我回嗆。「誰會這麼無聊、跑來偷聽我說話！」

她走過去拉開牆上的織錦掛毯，指著牆面被鑽透的小孔。「昨天沒有這個洞。」

我立時渾身起雞皮疙瘩，勉強壓抑衝動——恨不得扯掉牆上所有的裝飾品檢查是否還有其他孔洞。

「艾莉不該相信您——她看到希望就開始妄想，衝動又盲目。」柔依突然順著牆壁滑坐在地上，讓我頗為驚訝。「沒指望了，」她低語。「咒語無法解除，我們就不可能掙脫枷鎖。」

「我不明白。」我說。

「您是不懂，」她閉上眼睛。「他們不可能大發慈悲解除我們奴隸的身分，只要詛咒持續，我們就不敢訴諸武力。魔法托住山峰——這樣大的法力只有貴族階層的少數人擁有，如果推翻他們，就算得著自由也是一瞬間而已，接著滿山遍谷的巨石就會坍塌下來，將這個城市掩埋。」

11 希賽兒

「希望永遠存在。」這句話連自己聽起來都覺得虛假空洞，混血種的困境如同沉船上無路可逃的老鼠。「或許他們會改變想法。」

「這輩子別想了。」

氣氛寂靜凝重，柔依突然爬了起來。「對不起，夫人，我不該拿這些事煩您，增加您的負擔。」她環顧四周，不悅地皺皺鼻子。「我必須趕在殿下回來之前把這裡整理乾淨。」

經她一提，我搜索房間的企圖變得更明顯。

「我會請侍衛帶您去玻璃花園，那裡高牆環繞，不會有人打擾。」柔依說。

換言之，我也不會惹事生非。

「噢，這個，我本來想要立刻交給您的。」柔依遞過深綠色的信封，裡面裝著綠色燙金的邀請函。

「馬克爵士要為我舉辦派對。」仔細看過卡片的內容之後，我緩緩說道。

柔依點點頭。「派對開始了。」她指著門口，突如其來的瀑布水聲嚇了我一跳。

「去散步吧，」她說。「可以幫助思考。」

⚜

看到亞伯特在門口站衛兵，讓我頗為意外。

「沒想到還會看見你。」我仰頭直視他的眼睛。

他不解地皺眉。「為什麼？」

當然是因為你在城裡對我緊追不捨，後來差點害死我最親愛的朋友，加上你很白目，激怒了壞脾氣的貴公子。

「算了，」我嘟噥道。「帶我去玻璃花園吧。」

長廊寂靜無聲，蜿蜒如迷宮一般，幸虧有亞伯特帶路，穿過後門。

「只有步道有照明，」亞伯特說。「不要走太遠。」

我信步緩行，白色碎石小徑走起來嘎吱嘎吱響，兩旁是玻璃製成的矮樹叢，枝枒樹葉做工精緻，仿得唯妙唯肖。順著小徑一路走向花園中央，偶爾停下來欣賞精緻的花朵和樹籬，看著樹枝在稀疏的路燈底下往上伸展。超越燈光之外，這裡的景色依然美不勝收，不過就像在深夜的時候走進花園裡面——黑暗中看不到全景，只能看到稀疏的光影投射出來的畫面。

花園就像厝勒斯城——同樣籠罩著神祕的氣息，唯有那些想要利用我的人才肯透露些許、片段的資訊。一部分的我很想對他們的問題視而不見——被詛咒而受局限在這裡的人與我何干；另一部分我又忍不住同情混血種進退兩難的處境，似乎沒有解決之道：要不是淪為是卑賤悽慘的奴隸，就是幾乎必死無疑。如果由我來抉擇，我又會選擇哪一種？

出於習慣，我用歌聲來抒發心裡的挫折感。一開始歌聲抒情輕柔，卻被瀑布永不止歇的怒吼蓋過。後來我決定大聲唱，本來我的歌聲就有著壓過管絃樂團的實力，今晚的挑戰則是對抗大水沖刷的瀑布聲響。我邊走邊唱，然後找到了一座涼亭，我決定把涼亭當成舞台，選了一首高亢有力的曲子，內容是描繪女性英勇的事蹟。我的心臟強烈鼓動，肺部吸足空氣，發揮全部的實力。

歌唱讓我精神大振，生氣盎然，感覺可以戰勝環境，勝過海洋。我閉上雙眼，盡情高歌，想像自己在一個遙遠的地方，隨心所欲、自由翱翔。當我睜開眼睛，場景似乎煥然一新，來到一個沒有黑暗，只有亮光的地方。整座花園在我閉上眼的瞬間大放光明，亮得不可思議，成了世上最美麗的地方。

「天哪！」我驚呼出聲，抓住涼亭的欄杆，對著耀眼的光芒猛眨眼睛。

「其實比較像地獄，只是工匠的手藝超群，掩飾得天衣無縫而已。」一個聲音忽然切入。

我轉過身去，發現崔斯坦站在涼亭的樓梯下方。

「原來妳有天籟之音，我從來沒聽過如此美妙的歌聲。」崔斯坦挑眉說道。

「這是你第一次稱讚我。」我頭昏腦脹，他站在那裡聽了多久？

「不要養成習慣。」他露出微笑、調侃地說道，然後轉身走開。

「等一下！」我沒有多想就脫口而出，崔斯坦身體一僵，慢慢轉過身來，我匆忙跑下樓梯，停在他面前。

「謝謝你救了我朋友一命。」我誠心地對他說。

他偏著頭凝視我的臉龐。「妳認為是這樣？」

「對。」我有點猶豫地回答。他外表看似從容，卻有一股不安的情緒糾結，壓在我的心底。「如果不是你叫亞伯特住手，他會殺了我的朋友。」

「亞伯特愚蠢至極，」他聳聳肩膀。「而且克里斯多夫不該因為妳輕率的決定——在公開場合撲向他而白白送命。」

「你知道他的名字？」我驚訝極了。

「我記得所有人的名字，那又怎樣？我相信妳也記得每隻豬的名字。」

這種比喻讓人不敢恭維，我朝他翻白眼。「據說你痛恨人類，卻還費心記住所有人的名字當然讓人訝異。」

他挑起一邊眉毛。「據說？」

「有人這麼說，」我答道。「假如你真的憎恨人類，就不會在乎這件事是不是我造成的，而是會直接下令把克里斯多夫殺了。所以請不要再用『人類只是工具』這種廢話來敷衍我。」

「廢話嗎?」他臉上閃過一絲笑意。

「拜託不要像鸚鵡一樣重複我的話。」我不悅地說。「請直接回答問題。」

「可是妳沒有提問。」他用食指輕彈下巴，靜靜等待。

他說得對，我沒發問，問題在舌尖上徘徊：破解咒語失敗的時候，你為什麼暗自竊喜?理性又悲觀的一面讓我忍不住懷疑崔斯坦比他父親更極端——寧願一輩子關在籠子裡也不願意放棄既有的權力——雖然直覺告訴我不是這樣，他肯定有需要保密的理由。我張開嘴巴想問出口，卻提不起勇氣。

崔斯坦清清喉嚨。「小時候，傑若米讓我騎著他的騾子漫步，述說外面世界的軼事和見聞。我幻想自己是騎著高大駿馬的勇士，策馬疾馳拯救世界，驅除女巫的咒語，逃出厝勒斯這個牢籠。」

這是他給的答覆嗎?我不確定。

「那你還是夢想逃出這裡嗎?」

「是的，但不是所謂的夢想。」

「不然是什麼?」

「一場惡夢。」他的語氣輕得幾乎聽不清楚，且顯得煩躁不安。我猜不透原因是什麼，上面的世界有什麼可怕的?

「夫人?」柔依的呼喊聲嚇了我一跳，我轉過身去，以為她已經站在背後，但她跳躍的光球還在灌木圍籬那邊。

「她或許認為我在花園裡面迷路了。」我開口解釋，轉身時卻發現崔斯坦已經走離了一段距離，步履匆促。

「夫人？」柔依再次呼喚，語氣有些擔心。

「我在這裡。」我高聲回應。

「您該回去了，夫人，已經很晚了。」她匆忙繞過來，亞伯特也跟在旁邊。

「時間的確相當晚了。」我心不在焉地回應她，眼睛繼續搜尋崔斯坦的光影。

「剛剛有別人在這裡嗎，夫人？我好像有聽到聲音。」亞伯特懷疑地打量著我的表情，我忍不住打哆嗦，好像有成群的螞蟻在背上攀爬。

柔依對我搖頭示意，動作輕微得難以分辨。不要說。

「沒有。」我騙他，不懂柔依為什麼要我這麼做。「我只是自言自語。」

他皺眉。「那是誰啟動這些路燈？」

我愣住了。

「噢，不要無禮，亞伯特，」柔依笑得楚楚動人。「這個可憐的東西心情沮喪——在花園閒逛或許能夠逗她開心。」

「只有皇室和藝匠公會的成員可以點燃花園的路燈，柔依。」他責備著，看得出來他對柔依的魅力不是無動於衷，無論她的身分卑賤與否。

「我知道。」她低著頭、裝作嬌弱的樣子。「你不會說出去的，對嗎？」

「應該不會，」他揮揮手，示意我們往皇宮走。「除非有人問起。我不忍心看妳被處罰。」

女孩一聽，對著大塊頭巨魔嫣然一笑。

我閉著嘴巴，思緒像機器一樣快速運轉、翻來覆去地思索。柔依為什麼要說謊？全城的人都知道我和崔斯坦的關係，她又何必遮掩王子曾經出現在這裡？如果她真的痛恨貴族世家的壓榨，為什麼要幫著崔斯坦說謊？

他們想隱瞞什麼？

12
崔斯坦

「笨蛋，笨蛋，大笨蛋！」我一面嘀咕，一面穿過花園遠離希賽兒。希望柔依的反應夠敏捷，知道要幫我掩飾行跡。看來我要盡量減少和希賽兒接觸的頻率，免得別人懷疑我的心意。

我到底在想什麼啊？如果被人發現我像得了相思病的小鬼、眼神發癡地跟隨著希賽兒走進花園裡，還衝動地點燃所有的路燈，只為了博取她的青睞、讓她開心，這絕對會影響到我今天在市集演出那一幕的效果。

單是公然介入爭議、挽救傑若米兒子免死的那一步已經是險棋了。本以為自己借題發揮得很不錯，可以隱藏真正的動機，然而連希賽兒這樣的局外人都懷疑我另有目的，她才認識我不過一天而已，遑論精明狡詐的渾球安哥雷米，更有可能識破我的動機。

果然不出所料，我走過橋進入市區時，眼角瞥見附近人影晃動，我特意掛上笑容，對安哥雷米的手下點頭致意。對方至少還懂禮貌地回禮，但表情卻有些心虛，其實無妨，我向來懶得花心思擺脫他們的跟蹤。

拯救克里斯多夫的決定勢在必行，這一點無庸置疑，但是尾隨希賽兒走進花園，還對她告白？這就讓我無法理解自己。

第一，我無法信任她；其次，她知道得越多，處境越危險。倘若大家認定她是失敗的實驗品、只是順應要求破除咒語的束縛、一個無關緊要的小人物，他們便不會將她放在心上。但一旦有人認定可以利用她來對付我，那麼……

我沮喪地咬緊牙關。縱然馬克事先警告過我，也沒想到會這麼困難。

「聯結使一切改觀，」馬克說。「不管喜不喜歡，保護她平安將是你最優先的重點。」

我的天，昨晚徹夜難眠，一直擔心著她割傷的後腳跟，害怕冰冷的溼氣會害她染上風寒。睡覺時她不斷地發抖，我只好用魔法讓房間暖和起來，結果自己熱得滿頭大汗，折騰了一整晚，輾轉難眠。

還有她天籟般的嗓音。

厝勒斯奇特的回音效果讓歌聲傳遍每一個角落，引誘我駐足聆聽，看她站在漆黑當中，那頑強不屈、傲然挺立的身影，一頭火紅的頭髮像火焰般垂在肩後……

總覺得如果不小心，她會讓我一敗塗地。

我轉進糟粕區，穿過狹窄的街道，走進一棟搖搖欲墜的房子，安蕾絲站在陰暗的入口，看到我便微微一笑。

「你遲到了。」

「致上最深的歉意。」

她伸手環住我的脖子，湊過來親吻，我在最後一分鐘別開臉龐，讓她的唇啄在頰上。對我來說，這是掩人耳目的巧計——讓我有理由在夜深人靜時潛入糟粕區的街頭；對安蕾絲來說，原因則是複雜很多。我用腳推開門，將她抱過門檻，她咯咯地嬌笑聲充斥在街頭，直到關門為止。

門一關上，我就鬆開雙手，要將她放下，但她緊黏不放，像孩子似地兩腳懸空。

「可以放手了，安蕾絲。」

「如果我不想呢？」她嬌縱地呢喃，繼續攀住我的脖子不放。

我在每個房間繞一圈，確保屋裡只有我們倆，然後設立防止竊聽的屏障，只要有人闖入，魔法就啟動炮竹示警。每走一步，我的膝蓋就和她的雙腳相互碰撞。

我低頭俯視著安蕾絲。「拜託。」

她嘟嘴扮鬼臉，終於鬆開我的頸項。安哥雷米一直無法理解他女兒這方面的特質，誰也不能強迫安蕾絲聽命行事，只能低聲下氣地懇求她，祈禱她當時心情不錯。我沒有開口向她道謝，不想讓她認為這是在幫我。論人情，我已經欠她夠多了。

「你心情看起來很低落喔。」她說。

我把帽子隨便一丟，直接趴在床上。

「只是疲憊，」我對著透出溼氣的枕頭咕噥一句。「而且沒吃晚餐。」

「新娘子讓你徹夜未眠？」

我用單眼瞪她。「別搗蛋。」

她聳聳肩膀。「城裡謠言滿天飛，傳說你第一胎的兒子會用他的小拳頭打破所有的隔籬。」

「那他們大概要等很久。」

「不過我另外聽到的消息不是這樣。」安蕾絲盯著地上那籃物品，繼續說道。「我聽見女僕在閒聊，她們是從廚房那裡聽到的，是二廚聽園丁說的，而園丁消息的源頭來自新娘的女傭。她把你形容成邪惡的豬玀，不懂得憐香惜玉，希賽兒夫人說她這輩子不曾被如此虐待過，還說以後都不看言情小說了。現實距離遐想太過遙遠，只能用心碎來形容。」

她從籃子裡挑了一個麵包。「來一塊奶油泡芙？」她一邊吃點心，一邊無聊地數算天花板上的裂縫。

*真是唱作俱佳，希賽兒。*我心想，只是太誇張了。

「她是在說謊吧？」安蕾絲咬了一小口奶油泡芙，溫柔的神情愚弄不了我。

「妳愛怎麼想都可以——這件事就不勞妳關心。」

「不管怎樣，我已經把謠言轉述給我父親聽，附帶一個額外聲明，說你不曾對我動粗過。在他終於認定你對王室的忠誠度之後，聽見這個消息他大發雷霆，他確信你私底下會對希賽兒甜言蜜語、大獻殷勤。」她笑呵呵地說。

「當然。」我喃喃回應。幾個月前，安哥雷米運用美人計，命令女兒監視我的一舉一動，確認我是否同情反叛陣營。不過安蕾絲把他的計畫全盤托出，建議我將計就計，假裝服從她父親的命令，然後她提供虛假的資訊。

即便我反對，她還是提議以引誘當幌子，讓我有機會和革命份子碰面商議。我不想破壞她的名譽，但幾經辯論，最後是她贏了。

「有什麼好顧忌的？」她說。「我深受最悲慘的病痛煎熬，而這件事大家都知道，因此就算我的名譽像雪一樣潔白無瑕，厝勒斯的男人也不敢冒險娶我。」

羞愧得很，我只能同意。

「羅南好嗎？」我問，安蕾絲遲疑不答，我的心往下沉。「每下愈況？」

「有好有壞，他對人類的怒火沒有惡化，但力量更加強大。他一聽說你和人類聯結，立刻大發脾氣，連僕人都擋不住，我只好趕快介入安撫。」

「他才八歲，能有多大的力量？」

「他是你弟弟，有史以來力量最強大的巨魔家族的後裔，再過幾年，我們當中只有少數人能夠制伏他，等他成年之後，將會所向無敵。我父親太過愚蠢，才會以為自己能夠掌控他。崔斯坦，那孩子瘋了。」她用手指纏著頭髮，放進嘴巴嚙咬——這是她多年來的習慣，一緊張就會這樣。

「我知道很難接受，可是……」她說。

「不行。」我厲聲回應。

她雙手一攤。「崔斯坦，他活著的每一天，不只危害周遭，還會危及你致力追求的目標。只要朝他心臟插一刀，問題馬上解決。」

「不！」

室內溫度上升，安蕾絲沒有畏縮。「你這個傻瓜，當國王不能感情用事，這件事情代價太高。」

「或許是。但也不能變成殺人犯，連我父親都不會謀殺巨魔同胞。」

只是他會折磨他們到極致，讓他們寧願求死……

「我還以為你反對種族歧視……以你超強的道德觀，竟然重視巨魔的性命甚於人類。」

我陰沉地看了她一眼。「妳曲解了我的意思。」

「你確定？」她凝視我的眼睛。「我知道某些人對你而言如同珍愛的寵物一般，但是巨魔與人命的重要性在你眼中真的一視同仁嗎？」安蕾絲嘆了一口氣。

「我就不行，噢，我贊成善待人類，不然會面臨另一次禁運和抵制，但要在合理的範圍。我們的確比較優越，是高等生物，兩者對比就像天空的龍和地上爬的老鼠。」

「龍並不存在，安蕾絲。」我提醒。

「我知道，」她臉上充滿渴望的神情。「咒語破除之後，牠們或許會回來這裡，包括其他族類。」

女巫咒語牽涉的範圍很廣泛，想要置她於死地的不是只有我們族類，「凡事都有可能。」我說，安蕾絲陷入沉思，沒有留意我不置可否的回應。

沉默良久。

「這些事情不在我們掌控的範圍，」她終於開口。「但你弟弟的事情可以輕易解決。」

「不要插手，安蕾絲，我不想成為殺人兇手，更不忍心殺害一個天……小孩。」

「天真無邪」四個字卡在嘴裡說不出口，羅南和天真無邪根本沾不上邊。

她的頭歪向一邊。「你當然下不了手，所以我願意代勞。」

我一躍而起，手指顫抖地指向她。「安蕾絲托米亞，妳不可以……」我在發號施令之前閉上嘴巴，緩緩轉身走開。背後傳來粗嗄急促的呼吸聲，魔法伴隨她的怒火發動，提升了室內的氣溫，汗水沿著我的脖子滑下。

「我告訴你全名作為信任的憑證，崔斯坦，這是在顯明我的忠誠、沒有二心，而不是要讓你在意見不合的時候做為強迫我低頭的工具。」

她語帶埋怨。我極力壓抑心底浮起的罪惡感，不只是因為剛才輕率的作為，也因為我已經擁有許許多多真實的全名，有能力掌控、驅策的巨魔數目多到數不清。我不打算運用這樣的權力——只是要他們明白我做得到，只是我選擇不這樣做。

「時候到了，」她把帽子遞給我。「他們在等你，距離宵禁大概只剩半小時的時間。」

幸好有理由轉移話題。我把床鋪推開，掀起祕密的活板門，縱身跳進地道，直通隔壁客棧的地窖。等我出現時，他們已經集合完畢，多數人的髮色接近深咖啡，灰色眼珠，魔法力量微弱，就算閉著眼睛也知道現場都是混血種，只有一個是人類。

看到倚著牆壁的艾莫娜妲，我皺眉以對，她對我的時間表已然失去耐心，必須盡快找藉口把她弄出厝勒斯，以免惹出更多的麻煩。

我走到前方，默默打量每一位追隨者，我是他們的指揮官，領導革命，反對只看權力和血緣的貴族階層，我們不惜發動戰爭，用自己和這些朋友們的性命當賭注，只求達成目的——推翻我的父親。只有一件事不能做，就是破除咒語。

某些生物還是關在籠子裡以策安全。

13 希賽兒

深夜沒聽見崔斯坦進門的聲音，第二天早上，枕頭旁卻多了一顆透明玻璃球，底部銜接柔軟白色皮革裹住的把手，一條細皮帶剛好可以套進手腕。旁邊附了紙條，上頭的字跡行雲流水，我認得是崔斯坦的筆跡。

看妳端著空酒杯在城裡走來走去，顯得滑稽又好笑，我可不想跟醉鬼牽扯在一起，何況妳還有破壞玻璃製品的不良紀錄。開關就在那顆鑽石上。

TdM

我仔細查看玻璃球，把手中間嵌了一顆碩大的鑽石，輕輕一按，燈泡便發亮。我眉開眼笑地再按了一下，燈光便熄掉。

「聰明，真聰明。」我喃喃低語，起身下床，床單拖在地上。

這時門被推開。

「早安，希賽兒！」皇后面帶微笑地走進來。一如往常，負責發言的是女公爵。

即使腳踝被床單纏住，我還是勉強屈膝行禮。「皇后陛下，公爵閣下。」心裡納悶她們是否打算天天來突擊檢查。

「崔斯坦在哪裡？」嬌小的巨魔女爵大聲質問。「美妮妲，轉身讓我看看。」

「他出去了，」我說。「之前還在這裡。」看她皺起眉頭，立刻補上一句。「他總是來去匆匆。」這不算說謊——他一定進來過，把燈留給我。

「來去匆匆。」女公爵揚起眉毛。

「這是他送的。」希望藉此堵住後續的問題。

女公爵檢視一番，也看了留言的紙條。「哈哈！」她尖銳地咯咯笑。

「那是什麼？讓我看看！是情書嗎？」皇后一邊追問一邊伸出手。

「有些人或許認為這是情書。」女公爵對我眨眼睛。

崔斯坦的母親讀過之後輕歎一聲。「噢，天哪，這不是很好嗎？」

「這是他生平第一次，美妮妲，」女公爵回答道。「多加練習就會進步。」

想到高貴的王子殿下花心思練習寫情書的畫面，就讓人差點忍俊不禁，何況對象還是我。

女公爵拍拍手。「還是談正事吧。坦白說，昨天真是一場災難，今晚的宴會不能舊事重演。」她示意我靠近。「妳臉上的傷還要多久才能復原？」

望著對面的鏡子，即使光線黯淡，黑眼圈依舊清晰可見。

「一星期吧。」這是臆測，奶奶對草藥和治療頗有研究，傳授很多知識給姊姊，可惜我很少認真學習，畢竟從前沒有這方面的需要。

「老天爺！」女公爵大聲嚷嚷，嚇了我一跳。「要這麼久？妳還能夠自己上廁所真是奇蹟，人類實在脆弱無比。艾莉！」她大吼一聲，其實多此一舉，因為女孩就在屋裡。

「是的，公爵閣下？」

「妳阿姨在城裡嗎？」

一提到艾莫娜妲，艾莉眼睛周圍的肌肉繃緊，動作細微得幾乎難以辨認。「是的，公爵閣下。」

「去看看她是否有任何可以加速女孩復原的東西，這張臉龐老是讓我聯想到八歲外甥經常寄給我的恐怖圖畫，真叫人厭煩！」

「他大概塗了很多顏色。」我翻來覆去檢視手臂上那些惡毒的瘀青。

「他灑了很多血。」女公爵更正。「現在告訴我，妳會跳舞嗎？」

⚜

答案是不會，至少按照巨魔標準，我算不及格；再者，當我站在馬克宅第裡的宴會廳，欣賞巨魔翩翩起舞的時候，隱隱作痛的腳趾更是不許我忘記它們承受的痛苦。

艾莫娜姐對這群巨魔的形容真是針針見血。現場眾多來賓當中，只有我和一小撮混血種傭僕們有人類血統，眼前的景象有如關在瘋人院裡面欣賞馬戲團的畸形人表演，半數以上的表演者不是身體殘缺畸形、就是頭腦不太正常，但有極大的能量在室內翻轉，促使溫度上升。我看得目瞪口呆、心生恐懼，卻又有些著迷。

背部突然覺得不寒而慄。

「他們都在現場，」低沉的嗓音說道。「至今無人敢挑戰我力量的極限。」

我渾身一僵，接著屈膝施禮。「陛下。」

國王雙臂交叉橫抱胸前，以他笨重的噸位，竟然能夠無聲無息地站在我旁邊，而我卻沒察覺，實在讓人難以理解。

「他們全員出席，宣誓效忠，擁護我們繼續統治下去，唯有我兒子、我的繼承人行蹤杳然。」

我用力吞嚥口水，抗拒拔腿逃跑的衝動。崔斯坦的父親讓人感到恐懼，就像有一條鯊魚繞著妳兜圈子，不知道牠何時會展開攻擊。

「一輩子困在這裡有志難伸，空有世界最強大的力量，卻被埋沒在地底，統治潮溼黝黑的洞穴，還得仰賴貪婪的低等生物供給食物才能生存，這種感覺很難清楚描述。」他嘆口氣，挪動龐大笨重的身體。「完全違反宇宙的定律。」

石頭在上！若不是嚇到腦筋遲鈍，聽到這種大言不慚的傲慢言論，真要翻白眼。說什麼宇宙定律？

「妳很怕我，對吧？」他語氣平板、一無變化，百無聊賴的眼神望著跳舞的賓客。

沒錯，而且怕到全身發抖，但我勉力保持平穩的語氣。

「我知道如果你傷害我，某方面也是在傷害他，」我抬頭挺胸接著說下去。「他畢竟是你寶貴的莫庭倪王朝的繼承人。」

國王嘴角微揚，淡淡一笑。

「的確，但不是唯一，或許下次見面的時候妳可以提醒他這一點。」

我喉頭發苦，目送崔斯坦的父親邁步離開。他邊走邊和賓客點頭致意，彷彿我們相談甚歡一樣，不過他至少沒有開口威脅親生兒子和我的性命。

我趕緊撇開好奇的眼光，匆匆穿過大廳，迫不及待地想要躲開悶熱的氣息。長廊涼爽許多，我花了一點時間尋找出口，隨著吼叫和怪笑聲追尋過去，我找到了一個露台，俯瞰下方擺滿各樣武器的中庭。兩個體格彪悍——目測至少八呎左右——的巨魔在院子裡用單腳來回蹦跳，相互貶損叫陣。

「他們是雙胞胎，平常稱為男爵和女爵士，分別是文森和維多莉亞。」

我被突如其來的說話聲嚇了好大一跳，差點失聲尖叫。我趕緊摀住嘴巴，轉身一看。

「你們巨魔有一種奇怪的習慣，總是偷偷摸摸地嚇人。」我餘悸猶存地說道。

馬克斜倚著牆壁，拉起斗篷遮住半邊臉孔，我兇巴巴地指控。「你在這裡做什麼？你不是宴會的主人嗎？」

「我不喜歡宴會。」

「噢。」我蹙眉以對，想看清楚他的表情。「那你何必浪費時間？」

「欠債要還。」馬克聳聳肩膀，走過來站在我身旁。「他這種要求不算過分。」

我暗自納悶他口中那個人的身分，一開始推測是女公爵，答案顯然不對，也不會是國王——他不必以償還人情當理由，直接下令就行了。最後只剩崔斯坦，但是為什麼？宴會的重點在試探貴族階層是否願意支持國王立我為王子妃的決定，這一點似乎和崔斯坦的願望相左，那他為什麼還要拜託表哥舉辦宴會，加速推動這個流程？我咬唇思索，確信崔斯坦是故意扮演一個被環境所迫的受害者角色。目前還不清楚他最終的動機是什麼，趁著和馬克並肩觀看巨魔在中庭跳躍打鬥，我很想抓住機會，對馬克提出心中的問題，但最後還是覺得不宜。

「他們在做什麼？」我指著中庭，改變話題。

「文森和維多莉亞持續相互競賽，爭奪一家之主的身分。」馬克回答。「不管短跑衝刺、丟石頭、擲標槍、憋氣、倒立……花樣百出，妳很快就會有概念，他們搞不好會找妳當裁判。」

「可是維多莉亞是女生，」我提出異議，雖然她跟普通女孩大不相同，外套配長褲的打扮和她弟弟不分軒輊，只能從兩條長辮子和纖細的五官認出她是女性。「就算出生早了幾分鐘，依然是男性繼承父親的頭銜，不是嗎？」

馬克捧腹大笑。「千萬別在薇薇面前說這種話。」他笑到肩膀抖動。「她沒時間聽這種『人類荒謬的觀念』，也不把性別限制這回事放在心上。再者，子爵的頭銜來自母親那邊，對巨魔而言，魔法最強的才能擁有繼承權，而性別和排行不在考慮的範圍。」

「噢。」我驚歎，立刻愛上這個論點。

「偏偏雙胞胎在各方面都勢均力敵，法力也不相上下，」馬克說道。「看來他們終此一生都要共享頭銜。」

「也是一種分攤。」看見兩個巨人撞成一團，瘋狂地蹦蹦跳避免摔倒，我忍不住地狂笑。正在打鬥的兩人同時抬頭仰望。

「哈囉，馬克！」文森大聲招呼，他一看到我，立刻放下另一隻腳。

「你犯規，喪失資格！」維多莉亞大叫，文森當成耳邊風。他飛奔過來，在我跟前雙膝著地。「夫人！您近看起來更美！」

我欣然道謝，伸手讓他親吻手背，直到他姊姊用手肘把他擠到一邊。

「文森，你也太沒有創意了。夫人，我是維多莉亞．甘德，路易斯女子爵。」

文森被晾在旁邊，皺眉以對。「請容我說，」她滔滔不絕。「您像盛開的鮮花那般艷麗，少掉臉上的髒汙之後更美了。」

「謝謝。」我不覺莞爾，轉頭望向文森。「你不會剛好就是那個在王子殿下小時候坐在他臉上的文森吧？」

他捧腹大笑。「對，正是在下，夫人，當時的壯舉現在已經無能為力了，如果我敢輕舉妄動，只會被崔斯坦摔到城市另一頭。」

「的確，」維多莉亞頗有同感。「沒有人能戰勝崔斯坦的魔法，除了國王陛下，還有安蕾絲。」他們異口同聲說出最後的名字，姊弟倆一起翻白眼。

「我們的安蕾絲是清秀佳人，」文森說道。「可惜個性不好，張牙舞爪，您知道吧，就是那種渾身是刺的東西。」

「豪豬嗎？」我隨口一猜。

文森伸手一指。「對，就是那東西，個性像豪豬，渾身是刺。」他欣然嘆口氣。「我喜歡押頭韻。」

「相信二位足以勝任招待夫人的任務，讓她玩得開心。」馬克問道。「我得去宴會上露臉，略盡地主之誼。」

「樂於從命。」維多莉亞欣然答應。「有沒有興趣一較高下，夫人？」

⁂

剔除丟石頭、看誰跳起來摸到牆壁最高點的選項之外，最後我選定射箭比賽，維多莉亞和文森輕而易舉就射中紅心，我的箭矢剛好介於他們中間。

「或許再退後幾步，看誰比較厲害。」我提議。即使這樣，我們依然都正中靶心，分不出高下。

「這樣比賽好無趣。」維多莉亞抱怨。

「同意，」我咕噥著。「我們需要會移動的目標。」

雙胞胎興味盎然地盯著我看。

「不是我。」我趕緊澄清。

「那樣挑戰性也太高了。」文森嘟噥著，隨即眼睛一亮。「等一下，我馬上回來。」

他衝進門裡，片刻之後扛了一顆頂著尖角的麋鹿頭回來。「這隻生物是麋鹿，對吧？」

古董上都是灰塵。我猜測道：「或許有一兩百年的歷史。」

「無所謂，能用就好。」文森嘀咕著，揚手一拋，麋鹿頭飛了出去，在中庭跳來蹦去，我哈哈大笑，幾個巨魔聽到聲音跑出來看熱鬧。

「嘿，孩子！」他揮手叫隨從過來。「讓這東西跳來跳去，方便我們射箭比賽，記得要飄忽不定，不要有規律。」

過沒多久他又修改遊戲規則：大家金雞獨立，閉上右眼，瞄準飛躍的麋鹿頭射箭。我笑到淚流滿面，緊身衣底下的肋骨疼痛抗議。突然咻一聲，一支粗如手臂的鋼矛凌空飛過，將移動的箭靶釘在牆壁上。我們三人倏地轉過身去，發現崔斯坦正拍拍手掌，看起來洋洋得意。身著大紅色禮服的安蕾絲站在旁邊，笑靨如花，攬著崔斯坦的手臂展現佔有慾。

我的體溫立刻上揚，除了怒火，或許還有……眼紅？不至於吧，我何必在乎他跟誰一起消磨時間？

「愛炫耀的傢伙惹人討厭，崔斯坦。」維多莉亞高聲嚷嚷。

他們迎面而來，我才驚覺自己玩到滿身大汗、蓬頭垢面、頭髮亂得不成樣。「你們怎麼知道出手的不是安蕾絲？」崔斯坦問道，愛憐地望著勾著自己手臂的美女。

「如果是她，禮服就撐破了。」維多莉亞嗤之以鼻。

「妳是在下戰帖嗎？」安蕾絲的語氣低沉、性感撩人。

維多莉亞伸手直指。「向來如此。」

安蕾絲在眾目睽睽之下抄起架子上的鋼叉。「如果你不介意的話，崔斯坦。」

崔斯坦不置可否地聳聳肩膀。麋鹿頭被拔開，鋼矛鏗鏘掉在石地上，安蕾絲讓人出乎意料，完全不顧淑女形象，呼嚕一聲，射出飛矛，又把它釘在牆壁上。

「獎品是什麼，維多莉亞？今天的子爵頭銜拱手讓人？」安蕾絲得意地說。

雙胞胎一起翻白眼，彷彿在說：「就知道又來這一套。」我舉起手臂請他們留意，接著開始大聲朗誦。「美麗十足的豪豬拎著腐敗的肥豬到皇宮裡遠足。」他們笑到歇斯底里、趴在地上。

安蕾絲雙手抱在胸前。「她在胡謅什麼？」

「這個哏，」維多莉亞笑得樂不可支，伸手擦眼淚。「只有圈內人才聽得懂。」

她嗤之以鼻，一臉不屑的模樣。「或許妳想嘗試看看，夫人。」她舉起鋼矛朝我丟過來，我勉強接住，長矛沉甸的重量讓我踉蹌倒退好幾步，單憑我的力氣頂多丟出兩三英呎遠，哪還有辦法射中靶心。

「這是我們用來獵殺死妖的遊戲道具，」她說。「一旦遇到怪物，妳的小弓箭恐怕派不上用場。」

我無話可說——她說得對。

「沒想到你們還要用武器對付，」我還是不甘示弱地回道。「為什麼不用魔法，你們不是很厲害嗎？」

安蕾絲一臉不耐。「魔法對死妖無效——牠們能夠抵銷掉。我已經獵殺過五頭了。」她自吹自擂。

我大聲叫好，極力鼓掌。「我還以為妳唯一的功用就是當花瓶，打扮得美美的四處招搖。」

「嫉妒嗎？」安蕾絲一臉不屑。

「才不會。」我口是心非。

「我看得出來妳在說謊。」安蕾絲嘲諷回道。

我冷笑。「嫉妒嗎？」

她臉色一沉。「死妖沒把妳吞進肚子裡，實在很可惜。」

我望著崔斯坦，看他做何反應，懊惱是否會浮在臉上？但他一聲不吭，擦拭著外套的鈕釦似乎擦得很專心。

「妳何不進去參加宴會，希賽兒？」崔斯坦終於說話，還一邊忙著撥掉外套上面隱形的線頭。「相信他們會費盡心思想出各種娛樂的花樣，讓妳忙碌不堪。」

「說到宴會，」我頂回去。「你父親已然發現你故意缺席，一臉不悅，並請我轉告你，提醒你不是他唯一的繼承人。」

崔斯坦撥線頭的動作突然僵住不動，我能感覺他的不安。「他還有請妳轉告其他口信嗎？」

「沒有。」也不需要。

「呃，」崔斯坦露出那種高人一等的微笑。「除非妳想臆測他覺得有必要提醒我弟弟存在的理由，這一點我絕不敢忘記，不然這時候妳也該考慮回去參加宴會了。」

我氣得火冒三丈、皮膚發燙。「對不起，容我告退。」我嘀咕一句，匆匆返回屋內。

與其回去參加派對，我寧願在空曠的走廊閒逛。順著樓梯往下，高舉燈光照向前方，長廊有很多扇門，每一間都放滿了一瓶瓶的藏酒或酒桶，沒有其他物品。頭頂上方傳來舞步踩踏的聲音、模糊的旋律和節奏，偶爾夾雜著歡笑聲，顯然沒有人把失蹤的貴賓放在心上。

繞過轉角，我預備開啟另一扇門，但竟然鎖上了。我好奇心大起，掏出髮夾插進繁複的機件摸弄半晌，門答地應聲而開。我舉起燈光照了照入口，這才小心翼翼地踏進去，順手鎖上房門。

屋裡就是一張大桌子和十幾把椅子，桌上零零落落擺了幾本書、紙鎮和算盤，我繞著桌子檢視書名：《卡斯提亞大教堂》、《崔亞諾的橋梁》，以及《沙漠中雄偉的宮殿建築》。

椅背上掛了一件黑色外套，袖口白色TdM三個刺繡字體在燈光下閃閃發亮。

「你躲在馬克家的地窖做什麼？」我自言自語地坐進椅子裡，面前有幾只空杯和一盤吃剩的黃瓜三明治。崔斯坦為什麼要躲在冷冰冰的酒窖讀書？著實讓人不解。

門把輕輕轉動，我倒抽一口氣，從椅子裡一躍而起，連滾帶爬地躲到茶具推車後面，並趕在門被推開之前熄去燈光。

崔斯坦快步進門，馬克、維多莉亞、文森和安蕾絲緊跟在後，我暗暗詛咒了一句，確信他會發現我在這裡。

但他心不在焉，從嘴型可以知道他們在交談，只是聲音被魔法擋住聽不見，這表示他們有不可告人的祕密。隔著一落一落的茶具，看到崔斯坦比手畫腳，跟朋友們說得眉飛色舞，邊講邊繞過桌子，走到我剛離開的座位，興奮之情溢於言表。他彎下腰，伸手到桌底一扳，拉開夾層抽屜，拿出幾個卷軸，攤開放在桌上。我力圖鎮靜，免得引起他們注意，進而發現我躲在這裡。

崔斯坦解釋桌上卷軸的內容，其他人聽了很興奮，唯有安蕾絲雙眉深鎖，對崔斯坦搖搖指頭，他聳聳肩膀，不受影響。

有人叩門，崔斯坦迅速將卷軸塞回夾層抽屜，碰地關上。

「嗯？」他問道，嗓音在寂靜中顯得很大聲。

灰衣服的僕人匆忙進來報告，臉色慘白，似乎受到驚嚇，掌心在長褲上摩擦。

「殿下！您弟弟，羅南殿下，他……」他緊張得語無倫次。

「羅南怎麼了？」崔斯坦急忙問道，愉悅的心情不翼而飛。

「他在城裡。」

安蕾絲驚呼一聲，伸手摀住嘴巴。

「他在城裡做什麼？」崔斯坦大聲質問。

「狩獵，殿下。」僕人聲音沙啞。

崔斯坦一個箭步竄向門口。「馬克，去找希賽兒！」他回頭交代。「萬一她有三長兩短，唯你是問。」

不到幾秒鐘，黑暗中只剩我一人，過了好半晌，我緊繃的胸口才敢完全放鬆、好好呼吸。隨著崔斯坦在城中奔走，我明顯感覺彼此之間拉開了距離，我迫不及待地走向桌子，沿著下層摸索，撥開夾層的暗鎖，掏出卷軸，迅速瀏覽一番，不過就是一些支柱拱門的工程圖、材料和成本估算等等，實在看不出所以然，不過崔斯坦處心積慮藏著這些東西，肯定重要非凡。

門外又有動靜。

「該死！」我咬牙切齒，趕忙關上夾層，躲進桌子底下。

房門開了又關，巨魔模糊的光線照入漆黑中，我的視線只看得見來人的鞋，這尺寸太小不是雙胞胎的大腳，而崔斯坦和馬克都穿靴子，更不是安蕾絲，那會是誰？

對方繞過桌子，動作窸窸窣窣，書頁開開合合，白皙的手探到桌底摸索，顯然在搜尋暗鉤。

千萬不要蹲下來！我暗暗祈求，不時轉動脖子，眼睛緊追他的動作。

巨魔走到堆著髒碗盤的椅子前面時，突然停住腳步。

喀。

夾層抽屜應聲彈開，我聽到對方尖銳地倒抽一口氣。「該死！莫庭倪！」

原來是安哥雷米。

我知道他為什麼氣呼呼的，因為抽屜裡空空如也，崔斯坦的寶貝卷軸在我手裡。

他突然大步離去，碰地摔上房門。

我僵在原處良久，擔心他突然改變主意衝進來，但我終究得要離開這裡，馬克四處在找我，我可不想被他人贓俱獲。本來想把文件放回去，後來決定塞進內衣，布料窸窣的聲響不致讓人對隆起的禮服起疑，以後我再找機會好好研究這些圖表，嘗試弄清楚它們究竟是什麼。此外，我直覺認為不能讓安哥雷米拿到這些卷軸，直覺告訴我他有非常陰森的一面，比國王更可怕，雖然我說不出原因。

我開燈走出房間，小心翼翼地鎖上房門，穿過曲折迂迴的走廊，找到往上的樓梯。正當我以為神不知鬼不覺、慶幸沒被發現的時候，魔法突地箝住我的咽喉，把我用力推向牆壁。

「他有什麼計畫？」

安哥雷米雙手抱胸，跨出樓梯間的陰暗角落，我試著扳開箝制著咽喉的魔法，魔力卻像水一般流過指間的縫隙。

「誰？」我氣喘吁吁。「我不懂你在說什麼。」

他挑起一邊的濃眉。「就人類而言，妳撒謊的技巧拙劣極了，親愛的。」箍住咽喉的魔力稍微鬆懈一些。「不過我很樂意原諒妳，只要妳告訴我崔斯坦的計畫是什麼？」

我擠出沙啞的笑聲。「我哪知道？他甚至不喜歡我，怎麼可能告訴我實話，別忘記我是人類。」

安哥雷米目不轉睛看著我，眼睛眨也不眨，像蛇一樣：冷血又殘酷。

「我們可以互相幫助，」他輕聲說道。「如果妳肯透露他的計畫，幫我收拾他，以後妳要離開厝勒斯的時候，我保證不擋路。」他歪著頭說道。「甚至助妳一臂之力。」

萬籟俱寂。我不至於傻到相信他的提議是出於善心，而是因為他認定我能幫他達成目的。然而這有關係嗎？簡單幫個忙，我就自由了，只要交出崔斯坦的卷軸，剩下的工作由安哥雷米處理。我相信他會這麼做——因為巨魔必須信守承諾。

「你說收拾是什麼意思？」我還是忍不住提問。

他臉上閃過一抹笑意。「我想妳心知肚明。」

一股寒氣突然冷進骨子裡，我握緊拳頭。

他要殺死崔斯坦。

「公爵閣下，公主殿下。」馬克的嗓音劃破緊繃的氣氛，魔法從咽喉處掀起。

「您的被監護人正在大鬧城區，沒想到您還在這裡。」馬克說道。

我幾乎聽得見安哥雷米氣到磨牙的聲響。

「公主殿下，」馬克對我點了點頭。「請您趕緊離開市區——我不希望您發生不測。」

馬克一直等到安哥雷米繞過轉角才開口。「他有傷害妳嗎？」

我搖搖頭。

馬克鬆了一口氣。「幸好妳平安，希賽兒。他非常危險，最好遠遠躲開。」

「又不是我主動的，」我咕噥地挪開貼在牆壁的肩膀。「是他找上我。」

馬克的光球一如往常懸在後方，讓人看不清楚他隱沒在陰影中的臉龐，我能想像他瞇起眼睛的模樣。

「他找妳做什麼？」他氣得嗓音發抖。

我默不作聲，不管說什麼，他都會轉告崔斯坦，我不想局限自己的選擇權。

「千萬不要相信他，希賽兒，」馬克警告。「他對妳的同類只有憎惡。」

我的同類……

我火冒三丈。「噢，所以我就應該相信你——你老是躲在陰影裡面，不肯以真面目示人。」

「妳想要這樣嗎？」他咬牙切齒。「直視怪物的眼睛？唯有從醜惡的怪人嘴巴說出來，妳才願意相信危險的存在？」

「我不怕你，馬克。」

「妳是傻瓜，」他冷不防地嘲弄道。「我們每一位都應該讓妳感到害怕。」

我搖頭反對。「你例外，因為你保證過不會傷害我。」

他突然哈哈大笑，笑聲在走廊迴響。「妳不了解要玩文字遊戲有多麼容易。」他轉過身去，白皙的手壓著牆壁，彷彿要維持平衡。我發現他皮膚上有黑色網狀紋路，不禁蹙眉。

「我不知道你已經有對象了。」我說。

那隻手隨即縮進口袋。「沒有，她死了。」

我嚇了一跳，掌心貼著裙子摩擦，懊悔自己無心說錯了話。

他轉身面向我，依舊用陰影遮住臉孔。「安哥雷米究竟要什麼？」

「他懷疑崔斯坦另有陰謀，」我說得慢條斯理，一邊思考要透露多少。「希望我幫他探聽消息。」

「不要幫他，希賽兒。」他的語氣帶著懇求，我現在有了談判的籌碼，理所當然要好好利用一下。

「給我一個好理由為什麼不能幫助安哥雷米，」我說。「包含我必須加入崔斯坦陣營的原因。」

「他的最佳利益在於保護妳能夠活命。」

「為什麼？」我逼問。「對他而言有什麼差別？我沒有破除咒語——我死了他更稱心如意。」

馬克搖搖頭。「他和妳聯結在一起，如果妳死，他也活不了。」

我才領悟大事不妙。「如果他死了呢？」

「妳的心跳可能跟著停止，否則也會竭盡所能地自尋死路。」

「原來如此。」我低聲呢喃，如果安哥雷米殺了崔斯坦，我也活不下去。我閉上雙眸，無心留意馬克扶住我的手臂。

無知讓我差一點枉送自己的性命，原來這就是國王頒佈法令禁止任何人傷害我的原因——不是因為崔斯坦對我的痛苦感同身受，而是因為我死了，他的兒子也會沒命。

「但你還活著，」我直視馬克的眼睛。「雖然和你聯結的她走了。」

「有一股更強的力量不讓我死。」馬克語氣嚴肅，光球飄忽移動，無意間照亮他扭曲的臉孔，我卻沒有恐怖的感覺。「不要幫他，希賽兒，避開政治的紛擾，信任崔斯坦會保護妳就好。」

想到安全塞在內衣下的卷軸及崔斯坦向朋友展示時那神采飛揚的臉孔，再想到他曾救了克里斯的性命，還有他在花園裡說的那番話。你的立場到底是什麼？崔斯坦。

過了幾個小時，當我蜷縮在崔斯坦床上——現在是我的床——在奢華的絲綢被裡酣然入睡很久以後，我突然驚醒過來，心慌意亂，但感到恐慌的人不是我，是他。

我可以感覺到崔斯坦發現卷軸不見了。房裡一片漆黑，我盯著窗簾，昨晚摸黑拆開縫線，把文件藏在一層又一層厚重的布料裡面。因為擔心或許有人從窺視孔監視我的一舉一動，因此所有的動作都在黑暗中完成。這要感謝多年來奶奶嚴格的要求，讓我的針線功夫可以憑著手感摸索，在黑暗中重新將邊緣縫合，誰也猜不到裡面藏了東西。

我躺回枕頭上，試著緩和怦怦的心跳，明天和崔斯坦攤牌的籌碼已經掌握在手上了——我可以要求了解真相，現在需要的就是勇氣而已。

14 希賽兒

睡意棄我而去，我在黑夜裡輾轉反側。凌晨起身尋找崔斯坦的蹤影，就在宮廷馬廄前的空地上發現他，他依然穿著昨晚的華服。

露台的石頭欄杆摸起來非常光滑，我憑欄遠眺，四方形的石塊以前可能做為上馬鞍的踏腳石。他坐在上面，手肘支著膝蓋，神情肅穆專注，黑眼圈顯然來自於睡眠不足，一根手指緩緩描畫另一隻手上的金色紋路。

我很想衝上去理論，兩腳卻像黏住一樣，擔心他繼續敷衍和可能的反應，更怕介入巨魔的政治紛擾，未來會讓我更難抽身。

「妳在那裡探頭探腦，是想要收集情報好去跟新朋友報告？」崔斯坦的嗓音飄過來。

抵著欄杆的手指微微抽搐。「才不是。」

我緩步走下台階，他頭也不抬，依然文風不動，直到我站在前方。「我想找你談一談。」即使盡力控制，講話依然有顫音。

「說吧。」

我張開嘴巴，卻說不出口。

他眉頭深鎖。「我在聽。」

「私下討論。」終於脫口而出。

他環顧空曠的馬廄。「這裡又沒有人。」

我氣得磨牙。「拜託。」

「好吧。」他揮手示意，我跟著他穿過一扇門，順手關緊，來到馬廄裡面，兩端是成排嶄新的馬房。

「這很浪費空間，不是嗎？」我指著空曠的建築物。

崔斯坦解開門栓，任由木門慢慢地來回擺盪。「如意算盤，想得太樂觀。妳要說什麼？」

「不能讓別人聽見。」

「妳這樣頤指氣使、吩咐巨魔運用魔法的方式非常不禮貌。」

我用鞋尖抵住木門，阻止它擺盪。「呃，我又不能自己動手，再者，需要保密的人是你。」

魔法拂過我的肌膚，寂靜如斗篷一般裹住我們。「什麼祕密？」

一顆豆大的汗珠沿著脊骨滑下。「你同情弱者。」

他哈哈大笑，但那一閃而過的不安已經透露了端倪。

「你不要欲蓋彌彰，想試圖隱藏，」我補充一句。「你或許瞞得過別人，但是愚弄不了我。」

他的笑容不見了。「我們彼此彼此，希賽兒。」

我堅持下去。「回答我的問題。你恨人類嗎？」

他嗤之以鼻。「我以為妳知道答案。」

「我要聽你說出口。」

「有什麼差別？知道與否並不能改變現狀。」

他的不安增加我的焦慮，呼吸開始急促起來。「只要回答是或不是就好。」

「這樣太局限了，」他舔舔嘴唇。「我偏愛委婉的答案。」

「回答是或不是，崔斯坦。」

沉默。

他不信任我。不能怪他，除了威脅恐嚇的手段，應該還有其他說服的方法，我很擅長說服別人——只要聚精會神、說該說的話，問題就能迎刃而解。

我全神貫注。「我們的存活對彼此具有莫大的利益和意義，」我說。「在這個受詛咒的城市裡沒有誰比我更需要你活著，如果要我幫忙，就必須讓我了解真相。」我邊說邊往前傾，把全部意志力貫注進話語裡。

心跳聲如雷貫耳，腳底石頭堅硬，沒有上栓的木門擺盪地撞向牆壁，崔斯坦的注意力跟著聲音移轉，隨即眉頭深鎖。他回頭盯著我，半是憂慮，半是好奇，卻不受我意志力的驅策和影響，這是前所未有的狀況，接下來我只好使出殺手鐧。

「聽說你最近有些重要的文件不見了。」我輕聲提醒。「據我所知，某位人士也鎖定同樣的目標。」

怒火在我大腦深處熊熊燃燒。崔斯坦目光灼灼、文風不動，全身僵硬得不可思議。「東西在哪裡？」

我勉強壓抑住倉皇後退的衝動。「我藏在安全的地方。」

「真讓人跌破眼鏡，希賽兒，」他的語氣冷若冰霜。「沒想到妳是那種背後暗算的類型。」

我沉下臉來。「我只是要真相——偷偷摸摸的是你自己。再者，我拿走東西是為了保護，不是對抗。」

他略微睜大眼睛，顯然有些意外。

「妳最好解釋清楚。」他說。

我用三言兩語、言簡意賅地解釋自己無意間走進地窖之後目睹的一切。

「若不是我及時帶走，現在文件就落入安哥雷米手裡了。」我說。「在他利誘我的時候，東西就藏在裙子的口袋，我大可以給他，但我沒有交出去。」

「那是為了保護妳自己。」

我搖頭。「不，我是後來才知道的，馬克說如果我們其中一個死去，另一位……」

「雖生猶死。」他接下去。「妳不知道嗎？」

「我如何知道？」我以鞋尖摩擦地板。「巨魔奪走我所看重的一切，靠自己完全沒有逃離生天的希望——我需要幫忙。安哥雷米主動談條件，但他不安好心，我感覺得到他恨我，希望我死掉。」我雙手握拳，遲疑了一下。「但我相信你會願意的，如果能夠的話。」

他不發一語，我閉上雙眼，試圖感應他的情緒——知道他思潮翻湧，千頭萬緒糾纏在一起。

「這是妳的條件？」他問道。「幫助妳離開厝勒斯以換回我的文件？」

「不，」我說。「我要別的東西。」

又是一陣沉寂。

我不想浪費力氣，從他漠然的表情中尋找線索，在他的臉上看不到任何蛛絲馬跡——這件事他是箇中老手了。我需要的線索全在心裡，不假外求。我感覺得到他有點不安，以為可以料中我的下一步，掌控大局，我卻將他一軍，攻得他措手不及。

「什麼？」他終於發問。

「我要你告訴我那些文件是什麼？為什麼對你如此重要？甚至讓安哥雷米勢在必得。」

他大笑。「全世界的財寶任君挑選，妳只求知道就好？」

我點點頭，他的諷刺愚弄不了我。沒想到放手一搏就中了頭獎，看來所有的可能性當中，他最不願意透露這一樁，其重要性不言而喻。真相就在他的答案裡面，是他政治信念的核心。

沒錯，求他幫忙逃離這個地方是一個選項，但我已經識破表面的承諾只是文字遊戲，若他真心要規避輕而易舉，一鳥在手勝於兩鳥在林，倘若他答應了，我確信自己已然掌握非常寶貴的東西。

「不能殺妳並不表示不能傷害妳。」他向前一步。

我搖頭以對。「我不擔心。」

「妳該害怕。」他用單手扣住我的脖子，姆指貼住悸動的脈搏。「我自有辦法讓妳生不如死。」

「你不會的。」

他咬牙吸氣。「妳怎能如此肯定？」

「如果你真的想用刑求逼供的話，」我說。「早就下手了。」

我傾身靠過去，他的手從頸項移開捧住後腦勺，指尖纏住髮絡。「你憎恨你父親殘酷的統治手段，和他對待混血種的方式，昨天我就聽出了你的心聲，再者，我們之間還有感覺可以印證。」我伸手壓住他的胸口，這是他第一次沒有因為我的碰觸而畏縮。「你和他不一樣。」

他心臟怦怦狂跳，肌膚的熱氣隔著襯衫暖入我的掌心。

「如果我們是一丘之貉，日子會好過很多。」他輕聲嘆息、退後一步，拉開中間的距離。「妳讓人沒有討價還價的餘地，看來我是別無選擇了。」

「你可以選擇啊，」我說。「但困難之處就在這裡。」

崔斯坦嘴角露出淡淡的笑意。

「說吧。」我催促。

崔斯坦額頭抵住我頭頂上方的柵欄，一股重擔壓住我的肩膀，情緒激動地開始吐苦水。

「自始至終我都反對妳被帶來這裡，極力抗拒父親的決定，但他吃了秤砣鐵了心，滿腦子想的都是破除咒語，不計任何代價只求擁有自由。」他呼吸急促，胸膛上下起伏。

「我可以幫你。」我說。「只要解開咒語，你父親就沒有理由把我留在這裡。」

我知道他的感受非常複雜，更應該趁這個時候追根究柢、釐清他的底線。

「不！」崔斯坦激動地睜大眼睛。「我是說……」他揮手示意。「破除咒語的後果不堪收拾。」

「你都沒說。」我交叉手臂抱在胸前。

崔斯坦扮鬼臉。「妳希望我父親在世界上興風作浪嗎？」

「當然不要，」我脫口而出。「最好他死掉，然而就算胖得走不動，要他死翹翹可能也是很久以後的事情。」

「只要一切按計畫進行，照我的計畫。」崔斯坦輕聲回應。「他要什麼並不重要。」

他的告白令人如釋重負。「你是那些支持者的首腦，對嗎？」

他點點頭，雙手握住我的肩膀輕輕搖晃。「如果妳背叛我，去跟安哥雷米告密，他會去告訴我父親，父親不只會殺了我，包括柔依、艾莉，和許許多多妳未曾謀面的人都難逃一死，屆時就算妳奇蹟式地倖存，父親也不會放過妳。」

「我明白。」我說。「我保證守口如瓶。」

他依舊抓住我的肩膀不放。「再過一年我便滿十八歲，各項能力臻於成熟，法術也會登峰造極，我……」他遲疑了一下。「現在已經跟他勢均力敵，到時會更勝一籌，力量之大，其他巨魔都望塵莫及，在厝勒斯，法力高強就是王道。」

我倒抽一口氣。「你打算廢黜自己的父親？」

他閉上雙眼，鬆開手勁。「可以這麼說。」

我聽了不寒而慄。「你要殺他。」

「有時候是萬不得已，」他的聲音輕得幾乎聽不見，「只能為所當為。」

「這是叛變。」不只叛變，他還考慮謀殺自己的父親，犯下弒父的罪刑。

「是的。」

「你母親呢？如果殺了你父親，她不就必死無疑？」我想了一下。「還有你阿姨？」

崔斯坦臉色發白，感覺更糟。「有可能，但阿姨相信她可以保住母親的性命。」

「她知情？那你母親呢？」

他微微點頭。「只有阿姨知道——用魔法封閉我們的交談並不困難，母親不是那種經常有疑心病的類型。」他轉動肩膀，顯露心裡的不安和焦慮。「一開始這是阿姨的計畫，她鄙視我的父親，痛恨他統治厝勒斯的手法。」

應該另有隱情。「為什麼？」

「她以前有個……朋友，是混血種，兩個人非常親密，」崔斯坦困窘地做個鬼臉。「因為連體的關係，父親認定姊妹都是他的禁臠，後來發現阿姨的……情誼，下令當眾鞭笞那個男人，把他打得皮開肉綻、死去活來，歷經了兩次剝皮的酷刑。」他閉上眼睛繼續說。「混血種跟巨魔一樣，可以忍受劇烈的痛楚，不至於立刻斷氣，我猜劊子手是蓄意割斷他大腿的血管，擔心他若存活下來還要承受第三次鞭刑，甚至四次都有可能。」

那種求生不得、求死不能的痛苦，單憑想像就讓人毛骨悚然——巨魔近乎舉世無敵的能力之中要說缺點的話，這應該是其中之一。

崔斯坦繼續說道。「父親不曾處死純種巨魔——因為我們的人數寥寥可數——卻可以為了一點雞毛蒜皮的不愉快，把混血種送上斷頭台，而且在死前會先折磨到不成人形，如果可以一刀斃命就算幸運了。」

真是令人作嘔的恐怖行徑，這是許多國王的本性——不論巨魔或人類，舉世皆然。女公爵為了替朋友復仇，想要殺死國王，這是人之常情，可以理解，但是什麼原因促使崔斯坦要採取激烈的行動、考慮殺死自己的父親？

這個疑問似乎在他預料之中。

「我有一個人類朋友，年紀老邁還扮成小丑逗我，經常送我糖果、說故事給我聽，把我當成普通小朋友，而不是高高在上的王子或巨魔。父親為了懲罰我，把他殺了。」他垂著頭。「我一點辦法都沒有，當時年幼無助，無力反抗，但現在不一樣。」

我閉上雙眼，探索他的情緒，恐懼、羞愧、懷疑，統統摻雜在一起。我真要參與這場叛變，成為共犯？我恨國王，因為他安排路克把我擄來這裡，毀了我大好的人生和前程。對他而言，我只是他達成目的的工具，除此之外，其實是無關緊要、可有可無的人物。即便如此，我真能袖手旁觀、看著別人受苦及被凌虐而死嗎？答案已然浮現，不須苦苦思索，我不只願意，還不惜親手補上一刀。如果因為這樣成了罪犯，那又何妨。

然而話說回來，即使國王嗚呼哀哉，還有一個根本問題存在。

「支持者，」我說。「不只渴望推翻你父親的統治，也想除掉所有貴族以免除後患，防範任何強而有力的巨魔再次興起奴役他們。所以，除了需要你托住魔山免得壓垮眾人，還有什麼理由阻止他們追殺你的朋友和家人？」

我突然靈光一閃，頓時領悟他想按兵不動、等待自己登基掌握大權的時候，再來破解咒語，屆時崔斯坦不只貴為國王，也是解救人民的英雄。我正要戳破之時，隨即改變主意，閉上嘴巴。

攔阻人民獲取自由肯定是攸關生死的祕密，就算了解他背後的動機依然無法解釋那些圖稿的目的。

「嗯？」我提示他還需要解釋圖稿一事。

他深吸一口氣。「我們一言為定嗎？等我解釋完，妳就把文件的下落告訴我？」

「對。」我一口答應。除了暫時不想破解咒語之外，還有什麼更重要的祕密？

「妳必須理解：目前唯有馬克、安蕾絲和雙胞胎知道這個祕密，我之所以信任他們是因為知道他們的真……」他欲言又止。「原因不重要，重點在於妳無法給我相同的保證。」

我一言不發，再多口頭承諾又怎樣，也可以是謊話連篇。

崔斯坦深吸一口氣。「我想造出能夠支撐巖石的結構，那些就是我的藍圖。」

「不需要魔法。」我低語。

「只要大功告成。」

「真正的目的是什麼？」我追問到底。「等你繼位為王，還是會採取必要手段破解咒語，少了咒語束縛，只要搬開那些石頭，或者……離開這裡，何必多此一舉？」

「離開也是一種可能。」他語氣平淡，不帶情感，唯有胸口劇烈起伏，顯然想藉由控制呼吸來掌控情緒，避免被我識破他的想法，為什麼？還有什麼祕密藏在後面？

我咬住嘴唇。「你不認為咒語有解除的一天，對嗎？」

他尖銳地倒抽一口氣，化為一聲嘆息。「或許天不從人願。」

「不能期待過高，對吧？」

「孺子可教，」他說。「我可以建造，但要如何結束囚禁生活反倒沒把握。」對我來說這樣更好，一旦逃出這裡，知道巨魔出不去，我從此才能高枕無憂。撇開這一切，該回頭討論、了解清楚他的計畫。

「如果你為混血種建造這些支撐結構，完工以後，他們不再需要仰賴你們的魔法，」我說。「不如把你們殺了，才能免除日後再度淪為奴隸的危險，你有什麼理由說服他們不動手？」

「人要感恩圖報，」他淡淡一笑。「從此尊稱我是解放者崔斯坦，傳唱頌讚的歌謠。」

「這個問題很嚴肅，崔斯坦，」我提醒。「純種巨魔怎麼辦？他們不會被殺嗎？」

「不至於，」他說。「我已經擬定協議，確保多數人的生命安全，他們發誓不會傷害名單上的任何人。」

我搖頭。「我無法想像他們會感謝你解放他們的僕役，侵蝕他們與生俱來的權力。」

「困難就在這裡，」他輕聲說道。「在我解放奴隸的過程中，無疑會樹立許多強大的敵人，不時要面臨生命受威脅的風險，但是幾千人受益的事情絕對值得賭上我一個人的生命。」

我咬唇思索。「你似乎將個人生死置之度外。」

他嘴角上揚。「要殺死我沒那麼容易。」

「但我不一樣。」我提醒他。

崔斯坦得意的笑容倏忽失去蹤影。「是的，」他說。「妳很脆弱，這正是我不希望妳來的原因，我很抱歉。」

我救他一命，讓他得以自由地走向另一次死亡的險途，而且不只他死，我還可能跟著陪葬。

淚水刺痛眼睛，視線變得模糊不清，甚至看不到他伸出手，直到幫我把垂落的髮絡塞在耳後。

「建造足以支撐巖石的構造要耗費很多年光陰，希賽兒，我保證，等我掌控厝勒斯的那一天，我會立刻送妳出去，還會雇傭足夠的人手保護妳的安危，讓妳來去自如、隨心所欲地追求渴望的生活。」

而我也會一輩子提心吊膽，害怕殺手上門，為了對付他而找上我。

「我知道這些難以承受，更不是妳所期待的答案，」他低聲說道。「但要專注於現在，不要去擔憂猶未可知的未來。如果走漏風聲，預備起義之前就被發現，我們必死無疑。目前只能持續效忠父親的把戲，能夠說服他的手段之一就是讓他們相信我鄙視人類、草菅人命。」

我點頭如搗蒜，表示理解。

「我會忽視妳，對妳殘酷冷漠，妳必須配合演戲，假裝哀怨受傷，怏怏不樂的模樣，讓人絕無理由相信我對妳有一絲憐惜，或是對妳告白任何祕密，最重要的，更不能讓人懷疑我關注妳的死活超乎自己可能受到的波及。」

「是嗎？」我脫口而出，不由自主地上前一步，我們身體幾乎碰在一起，他聞起來乾淨清爽、有香皂的香氣，和一絲絲皮革和金屬的氣味——就像普通男孩一樣。

「真是個問題兒童。」他撫平我凌亂的頭髮，幫我把頭髮撥向腦後，手指順道而下，放在後腰的位置。我在他的撫觸下微微顫抖，不是因為恐懼，還有其他理由讓我血液沸騰，雞皮疙瘩四起。

他手臂收緊，箍住我的腰，我雙唇微張，一股強烈的渴望像大海的波濤一樣湧過全身，希望他把我拉過去。我眼眸微揚，沿著他的胸口往上經過喉嚨，凝視他的臉龐。他星眸半掩，透過黝黑細長的睫毛盯著我看，眼神裡似乎有某種東西，我隱約感覺得到……

然後他的眼睛似乎罩上紗幕，就此遮住我隱約瞥見的東西。如果那不是錯覺的話。

他面無表情，重新戴上冷漠的面具，一如往常的傲慢，冷若冰霜，而且非常生氣。

「你把我的東西藏在哪裡，希賽兒？」

「縫在臥室的窗簾裡，」答案不假思索地脫口而出，我似乎控制不住舌頭。

小心，不要隨便給巨魔承諾。

我眨眨眼睛，他迅即不見蹤影，瀑布震耳欲聾的水聲再次傳進耳朵。

15 希賽兒

崔斯坦這一席話給了我諸多的動能，不只燃起希望之火——有值得期待的目標，更重要的是多了一位影響力不容小覷的盟友。他的計畫需要時間醞釀，而我可不打算把光陰浪費在琢磨臥室地板上頭。

「艾莉，」我發現她在鋪床。「如果我想跟女公爵聊一聊，要怎麼做才好？」

艾莉撫平床單的皺紋。「您可以寫卡片請求覲見。」

我皺眉，不喜歡枯坐屋裡、等候邀請的主意。

「或者我現在陪您去找她，」笑意染上她的嘴角。「女公爵不是那種一板正經、拘泥形式的人——她最討厭浪費光陰，肯定不介意妳主動上門求見。」

「妳似乎很了解她。」我低聲呢喃，跟著她穿過長廊。現在我有了專屬的光芒，得以駐足審視掛在走廊兩側永無止境的藝術精品，試著尋找微小的細節牢記心底，作為路徑的標記。

「當我年滿十五歲，第一個服侍的對象就是她。」艾莉說。

「真的？」我停住腳步，詫異地轉身面對她，燈光意外地照向眼睛，讓她眼花。

「沒想到妳這麼年輕就……」我沒說下去。

「就如此幸運，能夠為女公爵和皇后倒尿桶？」

我漲紅臉，心裡的確是這麼想。

「她認識我的母親，」艾莉說下去。「在我們非常年幼的時候，她就買下我們倆姊妹，所以有很多年的時間讓我們學習如何服侍皇家貴族。」

我很難不去留意她忿忿不平的語氣。

「對不起。」我咕噥地說，確信自己冒犯她了。

「為什麼道歉？」她問，堅定地伸手叩門。「又不是妳造成的，此外，這裡還有比女僕更悲慘的待遇，例如疏通排水溝或是到礦坑工作。」

選擇的自由。心頭突然浮出這個字眼，雖然沒有大聲說出口，就在前幾天我都沒有真正體會得以掌控自己生命背後的意義是什麼，現在才領悟有選擇權非常重要——混血種連類似的權利都沒有。

「做什麼？」屋內響起尖銳的嗓音。

「是我，」我大聲回應。「希賽兒。」抬頭挺胸，逕自開門走進去。

「希賽兒！」皇后看到我驚呼一聲，立刻起身走過來，在我行屈膝禮的半途親吻我的雙頰，一個大大的熊抱擠得我肋骨吱嘎作聲，忍不住倒抽一口氣。

「小心別壓死她，美妮姮，」女公爵在背後嚷嚷。「她脆弱得不得了。」

「沒那麼糟，」我尷尬地微笑，任由皇后牽著我走向鏡子環繞的起居區。「別忘了我從小在農場長大。」

「這些經驗通常頗有幫助，」女公爵回答。

「妳的頭髮都打結了。」皇后跳脫話題，大聲說道，順手拿起梳子，把我推坐到椅子上，開始梳理我的亂髮。

「順著她吧，」女公爵的語氣一反常態的溫柔。「有人讓她呵護會好很多。」

我對著鏡子點頭，顯然鏡子功用就在這裡。

「妳來做什麼？」

艾莉說對了——崔斯坦的阿姨果然不喜歡浪費時間。

我清清喉嚨。「妳之前說過，我在厝勒斯有許多機會——只要開口，很少被拒絕，我……我想好好把握這一切。」

她喝了一口茶，對著鏡中的我察言觀色，我等她開口追問原因，她僅僅點個頭。

「有特別的興趣或嗜好嗎？」

知識就是力量。

「還不確定。」我說。

「音樂？」

「不，」我迅速回應。「不要。」歌聲屬於我自己——是我最擅長、最在乎的事情，不容他們介入。

「藝術？文學？歷史？語言？」她劈頭念了一大串主題。

「這些都可以。」我欣然同意。

女公爵咬住下唇，然後微微一笑。「可以消磨時間。」

這時我才發現她根本不必追問我改變的原因——不知怎麼的，就是胸有成竹，同時我也領悟崔斯坦的政治立場和計畫不是我們可以公開討論的話題。

「妳可以教我玩那個遊戲嗎？」我指著懸浮在角落的板子。

「格爾兵棋，」她沉吟道。「是的，或許從遊戲開始是個好主意，做事要有策略。」

「崔斯坦，他……」我猶豫不決，看著鏡子裡的皇后，她停止梳頭動作，眼神呆滯，視而不見。「他喜歡嗎？」

女公爵搖頭。「不只喜歡——是嗜棋如命。我們要開始了嗎？」

⁂

隨後兩天，我的時間表從早到晚排滿檔，內容五花八門，女公爵教我格爾兵棋的入門技巧，跟舞蹈老師練習優雅的舞步，接觸吹玻璃藝術，跟雙胞胎學寫彆腳的押韻詩句。馬克充當導遊帶我到處走，足跡遍佈城裡各處，其間崔斯坦行蹤杳然，完全沒有照面。第三天他翩然現身在繪畫課堂上，讓我措手不及。

「那些顏色和在一起，」背後靈大聲嚷嚷。「無疑是我這輩子看過最醜的東西，拜託，千萬別說那是藝術！」

撇開被我塗上綠色和咖啡色的畫布，我慢條斯理地轉過身去，發現崔斯坦站在背後，雙手橫抱胸前，眉頭深鎖。

「妳在這裡多久了？」他問。

「一整個下午。」我不悅地站起身。

「如果厝勒斯最好的藝術家花了大半天調教指點，只達到這樣的水準，那我可以想像妳起初的程度在哪裡了。」他望著我的師資群。「你們顯然在浪費寶貴的時間。」

「女公爵請我們指導希賽兒夫人，殿下。」其中一位回應，一臉無奈的表情，顯然苦不堪言。

「呃，到此為止，你們即刻離開。」崔斯坦悍然下令。「這種東西，」他朝我的大作揮揮手。「不勞你們費心。」

「對不起，殿下。」我拉著裙襬，捏住一大團布料，惱羞成怒，臉龐紅到發燙。「就我所知，我在這裡可以隨心所欲、愛做什麼都可以，我不明白你有什麼權力阻止！」

「這是皇家特權！」

我一臉鄙夷。「什麼特權，反倒像皇室的人無事可做、整天遊手好閒，才會需要去干涉別人！」

他火冒三丈、眼睛瞪得像銅鈴，往前跨一大步。我從眼角瞥見其他巨魔戒慎恐懼、悄悄後退，避免被波及。

「妳怎麼知道我如何消磨時間，人類？」

他鄙視的口吻彷彿人類髒汙又噁心，我閉上雙眼，花費半晌控制受傷的情緒。這是演戲，希賽兒。我提醒自己，不要假戲真作、當作是人身攻擊，但要區分兩者真不容易。

他似乎自覺做得太過火，往後退了一步。

「妳所謂的藝術究竟在畫什麼東西？」他指著油彩問道。

我挺胸打起精神。「藉由色彩表達心靈感受。」

「噢，煩請說明，這些顏色是什麼感受？」

我揚起下巴，直視他的眼眸。「親愛的丈夫，這些就是我對你的感受。」

有人倒抽一口氣，伸手摀住嘴巴，但我無暇他顧，只關注後腦勺那股尖銳錯愕的情緒。好極了。我憤慨地想，要演吵架的戲就要演得徹底，他最好先習慣一下被回馬槍狠刺一刀的滋味。

崔斯坦突然捧腹大笑。「看起來，」笑完之後補上一句。「妳並沒有浪費時間。」

他不以為意地對著縮在角落裡的巨魔揮揮手。「請繼續，諸位。」說完腳跟一轉，兀自離開。

「您還好吧，夫人？」其中一位巨魔上前輕觸我的手臂，我才察覺自己全身顫抖、呼吸急促。

「呃，不太好，」我按住胃部，練習深呼吸。「請將這張畫裱框，送到皇宮。」

對方目瞪口呆、舌頭打結，我匆匆離開畫室，侍衛緊跟在後。

❦

下午跟雙胞胎來一場兩人三腳，以及競爭激烈的網球比賽。黃昏時分返回寢室，油畫已經在屋裡等待，我汗流浹背，近乎蓬頭垢面地佇立在崔斯坦的書桌前面，盯著絲緞包覆的包裹，納悶自己的衝動是否鑄下大錯。

門被推開，崔斯坦走進屋裡，房門闔起、瀑布的巨響跟著消失，氤氳的霧氣瀰漫在屋裡，牆壁變得模模糊糊，看不清楚。

「肚子餓嗎？」他不等答案，直接丟了一顆蘋果過來，我不假思索地伸手接住。

「接得好，哥哥對妳訓練有素。」

我滿懷戒備地點頭。「你怎麼知道我有哥哥？」

崔斯坦咬一口手中的蘋果，細嚼慢嚥、才開口回覆。

「佛雷德克．卓伊斯，十九歲，棕髮藍眸，在妳所尊稱的假攝政王麾下擔任少尉。傳說他是神槍手，喜歡流連在溫柔鄉和烈酒之間，聲譽卓著，兩種嗜好產生了加乘效果，必然有好幾個私生子女，就算現在沒有，以後也少不了。」

我放下蘋果。「你怎麼知道？」這些都是不爭的事實，在我看來卻非如此，我所認識的佛雷德克不只願意帶著妹妹去打獵，在野外長途跋涉走一星期，他從來不因為她是女生就說她無能，什麼都不行。聽到別人說哥哥成天醉醺醺地周旋在女人之間，讓我氣惱得很。

「間諜，」崔斯坦回應。「妳的朋友路克把妳帶來之後，我就派了十幾位間諜出去探聽妳的生活和家人。」

「他不是我的朋友。」我冷冰冰地反駁，痛恨一群陌生人在暗中監視我家人的生活。

「也沒錯。」崔斯坦把蘋果核丟進托盤裡面。

心底突然浮現一個念頭。「你的間諜依舊在監視他們嗎？」

他渾身一僵，動作細微——若不是因為腦中閃過的訊號，別人很難發現。

「是的。」

「然後呢？」這個問題難以出口，不管得到什麼答案我都會受傷。

「鎮上的人大多放棄妳還活著的希望。」他揮手示意要我先坐下，然後自己坐在對面。「認定妳大概被熊或豹子吞進肚子裡，唯有妳爸爸和哥哥繼續搜尋，還有一位是客棧老闆的女兒莎賓，她拒絕聽見妳已經死去的消息，天天騎馬出去外面找妳。」

「她非常怕馬，」我幾乎哽咽，「從來不騎馬的……」

「她克服了恐懼，足以見證妳們之間的忠誠和友誼。」崔斯坦冷靜地說。

真是情何以堪——思鄉情懷已經夠讓人痛苦，現在還承擔了他們的悲傷。我再也克制不住，崩潰大哭，淚水滂沱而下，浸溼了裙子，直到崔斯坦遞來一條手帕。他僅僅做了這麼一個動作，沒有安慰，也不發一語，我只能假設這種超乎尋常的冷靜，意味著彼此之間有天差地別的差異。

「真不該告訴妳。」等我眼淚流乾以後他才開口。

「不，」我伸手環抱自己的身體。「謝謝你告訴我，我想知道，也需要知道。」我頓了一下，思索要如何表達心裡的感受，無言地用眼神向他求助。

「我了解。」說完隨即搖搖頭，否定這句話。「我是透過感覺。」他聲音沙啞。

他的告白帶來特別的安慰。

「明知他們在受苦，我卻什麼都不能做，讓人更難受。」我說。「如果可以送信給他們……」

「不行，」崔斯坦眼神一暗。「不可能。」

「我知道！」我忍不住發飆，「這不能阻止我希望透過某種方式讓他們停止搜索，恢復正常的生活。」

崔斯坦眉頭深鎖。「有一個辦法，」他勉為其難。「我可以安排……妳的遺骸被人發現。」

嘴巴發苦。「我的遺骨。」

「可以這麼說，用白骨暗示妳死於野獸的利爪底下，現場最好包括容易辨認的私人物品，一開始他們或許難以接受，然而傷痛終有止息的時候，如果妳希望這樣的話。」

我希望這樣嗎？要親朋好友認為我已經死亡？讓他們把陌生人的骨骸當成我來下葬，掩藏我還活著的事實，而且就在相隔他們不過幾英哩的地方？或者希望他們仍然懷抱希望，正如自己不肯死心，深信總有一天會離開這裡？

「那樣比較好嗎？」我低語。「他們會快樂起來嗎？」

崔斯坦搖頭以對。「我不能代替他們給妳肯定的答案。」

我撥開頭髮，心不甘情不願地解開脖子上的金項鍊。

「這是我母親的項鍊，我一直戴在身上，他們一看就知道。」

他默默地接過去。

「不要告訴我細節，」我說。「只要處理就好。」

「悉聽尊便。」他應道，悄悄地把項鍊收進口袋裡，我可以感覺得到他的同情。

我深呼吸，目光落在桌上的包裹。

「我有東西要給你，」慶幸可以改變話題。「一份禮物。」

崔斯坦一邊眉毛揚起。「真的嗎？」

我指著桌上的物品，拆封時崔斯坦一臉狐疑。

寂靜無聲。

「這是惡作劇。」我解釋。「你可以體會吧，哈哈兩聲、一笑置之？」

他緩緩點頭。「妳做得很好，我們爭執的消息就像星火燎原，傳遍城裡各處。大家認定我們關係交惡、鄙視對方。」

「是你有說服力。」我說。

他抬頭看我。「妳也不遑多讓，連我都差點相信……」他欲言又止，隨即揮揮手，彷彿剛剛要說的話無關緊要。「場面實在很恐怖。」

「的確。」我破涕而笑。「我請他們裱框的時候，你應該見識一下他們臉上的表情。」

崔斯坦哈哈大笑，那一瞬間，緊繃的壓力從我體內釋出，這才察覺自己有些擔心他那番話是出於真心——說是假戲，卻是真吵。畢竟我們的關係非常薄弱，他早上的怒火又那麼逼真，讓我以為他很可能改變心意——是我一廂情願，憑空幻想，相信他願意和我站在同一陣線，其實不然。

「簽名吧，」他說。「藝術家當然要在作品上留紀錄。」

撇開淚溼的手帕、拿起筆墨的時候，再次看見上面繡著大寫字母。出於某種無法言喻的理由，我在畫布底端潦草地簽下希賽兒・莫庭倪。

崔斯坦當場愣住。「這樣簽名也沒錯。」他輕聲說道，類似自言自語，唐突地挺起胸膛接下去。「不過妳今天呈現在眾人眼前的希賽兒應該不會如此認定，不是嗎？」

墨跡從畫布上浮起，糊成黑黑的一團，回到罐子裡面。

「的確不會。」我嘀咕，讓頭髮遮住尷尬的臉龐，免得被他發現，雖然他還是感覺得到。我重新沾了墨水，在角落裡潦草簽了一個C。

「這樣好嗎？」我詢問。

他不置可否地「嗯」了一聲，突然掏出某種東西。「意外吧，我也有東西要給妳。」

他舉起一條項鍊，碎鑽閃閃發光，設計精緻、如同繽紛飄落的雪花，我驚訝地張大了嘴。

「真漂亮。」我忍不住讚歎。

「戴起來看看。」他說。

他握住我的肩膀轉向鏡子，撥開我的頭髮，表情專注地解開項鍊幫我戴在脖子上。我渾身僵硬，感官系統似乎有放大效果，敏銳地察覺一切：他的手腕輕輕拂過肩膀，溫熱的氣息吐在頭髮上，掌心帶著蘋果的清香。

他大功告成，盯著鏡中的人影。「這是珠寶公會為妳精心打造的禮物——特意送到晚宴上，但妳剛好不在。」

這句話像冰水般當頭澆下。「噢，」我說。「他們真是體貼。」

他皺眉。「妳不喜歡。」

「它……很冰。」我移動腳步，故意拉開距離，他困惑的反應讓我心亂如麻。

「這裡的一切美得出奇，」我的嗓門接近吼叫的邊緣。「無一例外，可是物質本身毫無意義，因為我總是孤單一個人。」

「他們很少放妳獨處。」他說得小心翼翼。

「我指的不是那些！」伸手按住太陽穴，試著表達清楚。「他們像眾星拱月，只是照命令辦事、遵照你們父子跟阿姨的吩咐！除了對我有所期待，沒有人真正關心我。現在，」我咬緊牙關。「現在卻要拜託你去讓少數關心我的人放棄希望、認定我死了。以後的我更是微不足道，好像完全不存在一般。」

「我懂了。」他語氣空洞。

項鍊突然斷開，我只能無助地看著它飛向半空中，裂成數不清的碎片，掉在地板上。

「為什麼這樣做？」我大叫。

「是我粗心了，欠缺考慮。」

我跪在地上，摸索四散的珠寶和金屬片。「你根本沒想到，」我苦澀地說。「而且這是別人的心意。」

崔斯坦轉身背對我，雙手抓緊桌沿，力道大得木頭嘎吱作響。「我不能這麼做。」他呢喃。

「不能做什麼？」我問。

沉默。

「維多莉亞和文森，」他終於開口，依舊不肯轉身。「他們非常喜歡妳，馬克也是，我本來以為他不會再充滿活力和生氣，但妳似乎帶給他生機。考量你們共度的時光，相信這些好感是互相的。請妳好好利用他們，或許可以找到妳所欠缺的溫暖。」

我還來不及回應，他已經掉頭離開，房門因他旋風般的離去而前後擺盪。

16 希賽兒

「希賽兒，我以為妳說這樣很有趣。」

我對著湧流的溪水沉思，聽到聲音才抬起頭來。「不，我沒說，文森，是你問我『人類是怎樣捕魚的？』我說我來示範，然後你說很有趣。」

「是這樣沒錯。」維多莉亞抬頭評論，她想把蟲子排成一行，讓牠們在石頭上比賽。「但我必須公允，希賽兒，這種捕魚技術似乎大有問題，因為一隻魚都沒抓到，大家在這裡排排坐，整整一小時，就聽著馬克瞎扯淡、看妳對著河水發呆。」

「抱歉，」我說。「最好的釣魚時機在黎明和黃昏。」我瞇起眼睛望著頭頂的岩石。「不過在這裡或許沒有差別。」

「我倒覺得這樣很悠閒，」右手邊的馬克斜倚在石頭上。「如果你們二位能夠安靜一分鐘以上會更完美。」

「我不期待你改頭換面，馬克，」維多莉亞回應。「但是希賽兒通常不會如此沉悶。」她伸手戳我肋骨。「妳是哪裡不對勁？」

「崔斯坦和我在餐桌上吵了一架，」我低喃。「害我心情不好。」

「你們吵什麼？」

「可能是我咀嚼的聲音太大。」我胡謅瞞混過去。

「那種習慣讓人懊惱，」維多莉亞說道。「這樣的確不好。」她抓了一把小蟲朝我丟過來。我試著閃躲，蠕動的蟲子不偏不倚落在裙子上。

「我認識的農家女孩怎麼了？」她揶揄道，我裝模作樣抓起一條蟲子假裝要吃下去，隨即甩到馬克衣袖上。

「妳和崔斯坦能不能休戰一天、不要在餐桌上大吼小叫？」馬克問道，拎起惱人的蟲子，放入石頭縫裡面。「試著像文明人那樣交談？」

「沒辦法。」我把蟲子撥開，探入河中洗手。

項鍊事件後這幾個星期，我和崔斯坦完全沒有獨處的機會，在公開場合時或許是在一起——參加派對和晚宴，偶爾和他父親連袂出席——但他對我不是相敬如冰，就是百般挑剔，因此謠言傳得滿城風雨。我別無選擇，只能配合演出——還演得很入戲——然而每一次爭吵，心中的苦澀感總是揮之不去，心頭更加空虛。夜夜獨自入眠，他卻繼續偽裝，蓄意讓別人看見他在夜深人靜時曾經回房裡。只不過每次都在我睡著之後，醒來又不見蹤影，可茲證明他行蹤的唯有丟在椅背上皺巴巴的襯衫，或是重新整理過的桌面——讓我足以看出差異。

善解人意的馬克明白我不想再討論下去，順勢改變話題。

「妳以前釣過魚嗎？」

「小時候，」我說。「父親常常帶哥哥和我去釣魚，我的朋友莎賓也會同行——她不是喜歡釣魚，而是暗戀我哥哥的緣故。偶爾我們也會一起去，通常不釣魚，而是躺在河邊談天說地。開始識字之後，我就唸書給她聽，不過那時候比較忙碌，沒有很多時間相聚。」

「妳很晚才學習識字讀書。」馬克一邊捲釣魚線，一邊評論。

我聳肩以對。「這是觀點的問題，蒼鷹谷大多數的居民不識字，因為日常生活用不上，若不是母親堅持，我也不會有識字的機會。十三歲那年，她開始聘請家庭老師教我閱讀，因此在鎮上，我的教育程度最高，其他人只有粗淺的教育程度。」我停頓半晌，望了馬克一眼，他默不作聲。「單看教育程度來評論他們是一種誤解，村民非常務實——每個人都會做事，生活自給自足，不識字不表示他們笨得不用大腦。」

「我沒那麼說。」馬克應道。

「我知道，然而你們似乎更重視不同的知識。」

馬克笑呵呵。「你們暗指崔斯坦嗎？我應該沒有給妳這樣的印象。」

我不置可否，這時候維多莉亞和文森決定涉水到河裡用手撈魚，滑稽的動作讓人忍俊不住。「這個城市對他們而言太小了，」我說。「礙手礙腳幾乎要窒息。」

「世界再大還是容納不下。」馬克回道，這時維多莉亞抓了一條魚丟到文森頭上，他報復地揪住維多莉亞的辮子把她壓進水裡，我和馬克看得捧腹大笑。

「剛剛聊到妳住的村莊，」馬克說道。「我發現妳說的是『他們』，不是『我們』，彷彿妳把自己區隔成旁觀者。」

我蹙眉拉扯衣裳的緞帶。「對，這是母親和家庭教師造成的，他們不只教我閱讀，還改變我的措詞、行為舉止和反應模式。一開始我試著變成雙面人，免得被人當怪胎看待，但是很難持續。」我用力吞嚥口水。「他們改變我的想法，尤其是學會閱讀之後，我瞬間拉近了和外面世界的距離。知識大量湧入，空有滿腹想法，卻找不到人分享，」臉頰開始燥熱起來。「所以我當時迫不及待地想要離開。但真的離開了，又渴望回去。」

「是嗎？妳很想回村莊？」

「我……」簡單的問題應該用單純的答案應對，卻有一言難盡的感覺。雙手插進口袋，剛好摸到一張揉皺的紙條：崔斯坦最新的留言。也就是他母親所謂的情書，至今毫無進步，就是更多的冷嘲熱諷，卻被我當成寶貝般珍惜。

紙條送來的同時，還附上毛皮鑲邊的斗篷和厚毛毯，幫我驅走無盡的寒風。連我最深惡痛絕的高跟鞋都從衣櫃裡消失蹤影，取而代之的是實穿的平底鞋，讓我不再磨腳，也不再像「老太婆似地跛著腳走路」。

許多著名歌劇的樂譜出現在桌上、椅子裡，和枕頭旁邊。第一件出現的樂器是魯特琴，不久來了豎琴，附帶一張紙條，說他希望更多的琴弦能夠對我的天賦有所幫助。餽贈禮物表面上是為了討我歡喜，但是禮物再多都沒有意義，因為我全心渴望一個不該渴望的人。

「失蹤並沒有造成改變，」我不願意再想下去。「無論有沒有我，日復一日，生命源遠流長。」

「妳怎麼知道？」馬克提問。

「他會定時跟我通報。」我低聲說道。我常在書頁裡發現母親在崔亞諾演出的節目單或新聞剪報，有一次甚至發現偵探提供給崔斯坦的報告，詳述家人的近況。我邊讀邊哭，隔天那份報告不見了，我又大哭一場。

激流的聲音頓時消失，馬克的光球飄向後方，陰影罩住我們的臉龐。雙胞胎收到某種隱喻的信號，舉動更加滑稽可笑，把其他人的注意力引到他們身上。

「他不該告訴妳外面世界的消息。」馬克說道。「國王命令明確，大家要竭盡所能把妳隔絕於人類世界之外——連市場都不許去。」

我文風不動、表情不變，免得被旁觀者發現我們在討論反常的訊息。

「為什麼？這是某種酷刑嗎？」

「我不知道，」馬克解釋。「他沒說明原因。」

「陛下行事背後自有目的。」我沉吟著，隔離的背後究竟有什麼目的？還是要預防什麼？

「我同意，」馬克回應。「所以更有理由保護崔斯坦不被發現。」

「我知道。」我咬住下唇，苦思崔斯坦冒險的原因。

現階段智慧的解決之道是他應該維持一貫的殘酷無情，可是在每一次我們公開爭吵之後，我得到的就是他殷勤體貼的舉動，或許原意應該是要讓我在這裡的生活好過一些，但其實適得其反。私底下收到貼心餽贈的禮物、公開場合卻要面對冷嘲熱諷和殘酷的態度，在在讓我無所適從，困惑又痛苦，在他每一句冷言冷語之後，我反而傷得更深。

「即使回到蒼鷹谷，」我輕聲應道。「我也不是我了。」

這不是答案，馬克沒有繼續追問，城市的噪音再次傳入耳中。

「下午妳和希薇女公爵有午茶之約，不是嗎？」

我點頭。「她要教我格爾兵棋。」

「她教得非常好。」他站起身，伸手把我拉起來。「傻瓜們，快起來！」他對雙胞胎大叫，他們涉水而出，完全不在意溼答答滴著水的衣服。

「誰贏了？」我勾著馬克的手臂。

雙胞胎不滿地對看一眼。「妳沒有計算嗎？」

我畏縮了一下。「對不起。」

他們雙雙嘆了一大口氣。「羞羞臉，殿下，羞羞臉。」維多莉亞輕輕推了我肩膀一下。「妳的失敗應該可以歸因於不夠專注。」

「我附議。」她弟弟欣然同意，一起過來走在我和馬克兩邊。「花了太多時間上太多課程，學習太多專題。」

我咧嘴而笑。這是真的，巨魔的知識非常豐富，遍及古今，我可以每天認識新的面孔，嘗試了解他們的事業，學習新的語言，聽他們針對歷史事件發表高論，彼此教學相長，老師們急於利用本身的知識和我交換外面世界的新知。

「妳可以獲頒獎盃，號稱『涉略廣泛，無一精通』的冠軍。」維多莉亞說道。

我行屈膝禮。「這是我個人無比的殊榮和禮遇。」

一行四人漫步走上台階，守衛遠遠保持距離，擔心得罪雙胞胎，變成他們惡作劇的對象。坦白說，我已經很少留意守衛們的存在了，他們從不說話，只是如影隨形，我所到之處都有他們的蹤影，只是我不喜歡讓守衛聽見我們的交談，任何能夠讓他們保持距離的行徑我都善加利用。馬克和雙胞胎的能力、法術遠在他們之上，讓我不必擔心他們去跟國王告狀。

「維多莉亞小姐！文森爵士！」我們同時轉過頭去，一身紅衣打扮的年輕巨魔跑上樓梯追了上來。

「見鬼，」維多莉亞咕噥一句，和弟弟對看一眼，表情憂心忡忡。「她又來了。」

「她是誰？」我問。

「不久之前接受我們委託的雕刻家。」

女子停在眼前，迅速地朝我和馬克屈膝行禮，隨即伸手指控雙胞胎。「你們究竟要等什麼時候才來拿雕像回去？更重要的是何時付錢？」

「這麼快就完工了？」文森問道，上前擋在雕刻家和姊姊之間。「妳確定？」

女子怒目相向。「你質疑我的專業？」

文森迅速搖頭否認。「不，不，它們真的夠大嗎？」

「你們要求真人版！」她大聲嚷嚷。「兩人都是大塊頭，雕像也不例外！」

維多莉亞瑟縮了一下，低頭盯著腳。我向來認為她以身高為傲，打架的時候可以佔上風。或許我錯了。

「看來是真的，」文森快快不樂，「沒想到妳這麼快就完工了。」

「安蕾絲小姐要求我把雕像列為第一優先。」巨魔雙手插腰，氣得張牙舞爪。

「我就知道。」文森咕噥，維多莉亞把鬆開的髮絡塞回耳朵後面。

「他們大概要花上一點時間，一時難以脫身。」馬克湊過來低語，「我們先走吧。」

我不想棄朋友於不顧，但文森輕輕點頭，示意我們先走。

「那是怎麼一回事？」我問道，邊走邊回頭打量。

「他們和安蕾絲打賭輸了，」馬克說道。「被迫在一個月以內訂製兩尊真人大小的雕像樹立在住家前面。」

「聽起來還好。」我揚揚眉毛。

「是裸體雕像，」馬克追加一句，眉毛皺在一起。「她很殘忍——明知道維多莉亞……非常害羞，還是不留情面。」

我臉色陰沉。「她為什麼如此卑鄙，維多莉亞是她的朋友，朋友不應該互相傷害。」

「的確，」馬克同意我的觀點。「我猜是因為維多莉亞花了很多時間和妳在一起，安蕾絲因此遷怒於她。」

「如果她多一點親切友善，維多莉亞肯定更樂於和她來往。」我不假辭色。

馬克嘆口氣。「安蕾絲不快樂，希賽兒，妳對她的了解不足以論斷她的為人。」

我心知肚明，但心裡還是忿忿不平。下次碰到維多莉亞，我會建議她幫雕像穿上衣服，就讓安蕾絲去品頭論足吧。

我們來到一座廣場，中央的噴泉造型是一條張開翅膀的巨蛇，泉水從嘴巴噴出，翠綠的眼珠露出惡毒的光芒。遠處有兩個巨魔大聲叫囂，一個出手推了對方一把，另一位也不甘示弱地回手，爭吵迅速變成扭打。

馬克嘆氣。「妳在這裡等一下。」

他大步走向大打出手的巨魔們，舉起一隻手，隱形的魔法將兩人拉開，吊在半空中，他開始質問雙方爭執的起因。

我走向噴泉仔細查看巨蛇的造型，雕工精細、鉅細靡遺，從重疊的鱗片到尖銳的利爪，看起來栩栩如生，底部橫匾註明：梅露希娜巨龍。

「原來是龍。」我嘀咕著，上下打量那個生物，納悶牠真的存在世界某處，或是雕刻家想像出來的虛構生物。我背對巨龍，斜倚著噴泉，路人看到我紛紛點頭、屈膝行禮，我一一招呼致意。一個年長的婦女姿態優雅地經過噴泉前方，立刻引起我的注意，她一身黑衣，打扮異於常人，即使臉孔很陌生，不過一看就知道是貴族階級。她的衣著高雅貴氣，塔夫綢在石頭上摩擦，窸窣作響，滿身珠寶在燈光下晶瑩發亮，但是讓我斷定她是貴族的原因在於步行時散發出高傲權威的架勢，其他巨魔遇見她立刻讓路，苗條的女僕跟在背後相隔幾步，垂著頭，懷裡抱著一堆包裹。

我抬頭挺胸，預備遵照一般的禮儀接受並回禮，沒想到她瞥了我一眼之後繼續往前走，女僕看到我，驚慌地睜大眼睛、笨拙地屈身施禮。「殿下。」她低語，同時轉頭去看她的主人。

我正要張嘴警告已經來不及，女僕和主人撞在一起，大大小小的包裹掉了一地，其中夾雜著玻璃摔碎的聲響，我為她惋惜。

「妳這個笨蛋！」女巨魔大怒，突然攻擊女僕，隱形拳頭落在對方臉上，鮮血濺在灰地上，我一臉駭然。

「對不起，夫人。」僕人哀求饒命，拳頭如雨而下，她一路畏縮忍受，臉上的傷口裂開又復合，唯有滴在衣服上的血跡留下了印記。

「住手。」我說，對方充耳不聞。「住手！」我大叫一聲，她瞥了我一眼，繼續施暴。

我連跨兩步到她跟前。「我命令妳立刻停止這種虐待的行徑。」

女巨魔轉頭看我，陰暗的眼神氣勢凌人。

「妳沒有權利。」她預備再次舉手打人，我不假思索地走上前去，伸出雙手用力推她一把。

「希賽兒，住手！」

忽地，一股魔法纏住我的腰，使勁把我往後一扯，馬克立時出現擋在中間。

「夫人，」他說。「妳應該沒有見過她，請容我介紹希賽兒．莫庭倪王子妃殿下。」他扭頭看我一眼。「殿下，這位是安哥雷米公爵遺孀，戴米爾夫人。」

我驚訝地眨眨眼睛，原來她是安哥雷米的母親。「夫人。」我咕噥著，百般不情願地行屈膝禮，確信這不是偶然的巧遇。

婦人一臉鄙夷。「現在屈膝行禮太遲了，女孩。」她揪住女僕的頭髮，拖著混血種離開。

馬克舉手示意，警告我不要追上去，這是多此一舉。我知道她試圖激怒我，但是要我袖手旁觀，任由她虐待僕人，這讓人怒不可抑，我一定可以做些什麼，絕不能轉身就走。

「伯爵大人。」戴米爾的聲音讓我一震，馬克渾身緊繃，轉向孀居的公爵夫人。「是的，夫人？」

戴米爾的眼珠閃閃發光。「請你安排一下，下午打開迷宮的門，這樣的行為必須處置。」她的下巴猛然一動，指向縮在腳邊的混血種。「我不希望家族的聲譽因為這種行徑蒙塵玷汙。」

馬克雙手握拳。「這種處置太極端了。」

「我沒有徵詢你的意見，」她咄道。「她是我的財產，如何處置憑我高興。」

雙胞胎追上來分站在我左右兩側，但我無暇他顧，感覺臉上失去血色，四肢冰冷。她要怎樣才開心？真的要把僕人送進迷宮等死，只為了向我挑釁？我現在有十足的把握，確信她是蓄意拿我當誘餌，真正目的是對付崔斯坦。如果我去跟崔斯坦求情，請他幫忙挽救混血種的性命，這樣一來不只危害我們蓄意呈現在眾人面前的假面具，還會讓他陷入進退兩難的處境，不是要犧牲女僕的性命，就是要洩露他對混血種的同情。

「既然妳急著擺脫她，我可以助妳一臂之力，幫忙接收。」維多莉亞突然開口。

「五百應該是公平的行情。」

「她不出售。」安哥雷米的母親一臉不悅。

「那就一千吧。」

「不賣。」

「妳既然看重她，我不明白為什麼又要殺她。」我怒不可遏，文森抓住我的肩膀，警告我不要上當。然而就此走開的後果是什麼？我怎麼能忍心見死不救，永遠承受罪惡感折磨？可是我要怎麼做才能阻止她？

法律的規定非常明確——僕人是財產，戴米爾有處置的權利。唯有崔斯坦或國王親自下令，才能制止她把混血種送進迷宮等死，我不認為國王願意為此大駕光臨，如去懇求崔斯坦馳援，又像把燙手山芋丟給他處理，我必須另外想辦法。

「一萬。」

戴米爾不滿地瞪著雙胞胎。「不論開價多少，她都不賣，你們那個家像野生動物園一樣不需要再增加新成員。」

「那就賣給我吧。」我脫口而出，她可以拒絕其他人——因為她的階級較高，不過，她在我之下。

婦人緩緩笑開了。「妳拿什麼錢來買？」

我怒目相向。「我又不是窮苦人家。」

她笑容可掬。「或許吧，但那終究是莫庭倪家族的黃金，恐怕於法不容。」

「怎麼說？」我質問。

巨魔得意地呵呵笑。「這一位，」她朝畏縮的女僕揮手示意。「是莫庭倪的私生女，法律禁止同血緣買賣。」她再次微笑。

我氣得咬緊牙關，納悶他們用了多少心血和準備才想出這一招，法律處處掣肘，逼得我只剩一條路可以選擇：只能懇求崔斯坦挽救她的命。

不，我咬牙切齒，繼續不死心地搜索枯腸，終於想到還有一個殺手鐧。

我裝出灰心喪氣的表情，往後退一步。「看來我是無能為力了，國王陛下和夫君都不可能站在我這一邊。」我瞥馬克一眼。「幫她安排吧。」

寂靜無聲，他們臉上盡是錯愕的表情，沒有料到我會如此輕易放棄。

「救命，殿下，求妳救命！」女僕大聲哀叫，撲過來抓住我的裙襬。「不要讓她殺我！」她一再懇求，竟然撕裂了我裙襬的布料。

「對不起。」我嘴唇顫抖，淚水湧進眼眶裡。「法律至上，不能違背。」我踉蹌倒退，衣服破了一個洞。

「萊莎，妳這個笨蛋！」戴米爾大吼。「妳一定要給我更多理由把妳殺了嗎？」狠心的女巨魔用魔法一而再、再而三地掌摑混血種，攻擊的聲音令人作嘔。

「住手！」我大聲尖叫，戴米爾笑得很陰險，想要刺激我使出最後一招結束這場鬧劇，她把我當笨蛋戲耍——只想利用法律對付我，殊不知兩個人剛好可以玩遊戲——還有另一條規定對我非常有利。

我做足心理準備，鼓起勇氣一舉跳入兩個女人當中，魔法抽鞭的聲響傳入耳裡。

17 崔斯坦

突如其來的尖銳刺痛感嚇了我一跳，使得我彈起的動作突兀顯著，父親本來在閱讀礦產公會當天早晨送來的報告，察覺異狀抬起頭來。

「怎麼了？」他質問道，犀利的眼神盯著我瞧。「是希賽兒？」

我微微點頭，站起身來，從希賽兒的情緒判斷，傷勢似乎沒有大礙，但我必須走一趟確認看看。

「請容告退……」我才開口，大門突然推開打斷我的話。

「陛下，殿下。」進門的巨魔深深地打躬作揖，我認出是父親的手下。

父親哼了一聲，傾身倚向辦公桌，十指交扣。「她這回又做了什麼好事？」

巨魔清清喉嚨。「希賽兒夫人和安哥雷米公爵的遺孀發生爭執。」

父親揉揉眼睛，轉向望著我。「這倒新鮮，我還以為她只會跟你爭吵。」

我聳聳肩膀。「我們總有失誤的時候，父親，連你亦然。」我詢問通風報信的人。「爭執的起因是什麼？最重要的，是誰起的頭？」

「跟公爵夫人虐待僕人的事有關，殿下，至於是誰挑起爭端，這是個人觀點的問題。」

父親往後靠著椅背。「解釋一下。」

信差開始報告事情的始末，最後說到「……孀居的公爵夫人要求伯爵大人開啟迷宮之門，好讓她處置失誤的僕人。」

我的背脊冷汗直流，更糟的是希賽兒正朝著我們而來，用意不言而喻，她是來求我制止那個該死的老太婆，不該為了一點芝麻綠豆的小事處決女僕。她不知道自己在不知不覺中踏入對方處心積慮設下的陷阱，她一上鉤，也會跟著連累了我。

「希賽兒正往這裡而來。」我突然宣布，沒有必要隱瞞。

父親挖苦地搖搖頭。「如果她來求我法外開恩，肯定會大失所望，我所制定的法律不會為了一個人類女孩一時的興致和任性就隨便破例。」他轉身盯著我看。「當然啦，除非你今天心情大好，願意大發慈悲。」

我面無表情。「在沒有必要的情況下，我不會隨便違背你的旨意。」

我端起水杯，凝視杯子深處，暗暗思索兩全其美的解決之道。「你有恰巧留意到引發爭端的……」我問報信的人。「僕人身分嗎？」

報信者侷促不安地咳嗽，我立刻會意過來。

「是萊莎小姐。」他聲音沙啞。

桌子碰一聲被我父親推開，撞向遠處的牆壁，不過一眨眼他就站起身來。

「那個工於心計的母夜叉，真是該死！」他大吼一聲，空氣熱度升高，壓力往上竄升，我的耳膜嗡嗡作響。

「滾出去。」我要信差離去，他倉皇行禮，轉身落荒而逃。

我文風不動，看著父親暴跳如雷。萊莎，萊莎，萊莎。我心想，她母親有四分之三的巨魔血統，萊莎幾乎算純種，法力高強——聽說她是厝勒斯魔法力量最強大的混血種，用市價來說價值連城。

守寡的安哥雷米公爵夫人一直以來把她當同伴看待，而非使喚的僕人，部分因素就在於萊莎擁有莫庭倪家族的血緣。今天她這個謀略顯然不只是一箭雙鵰而已，一方面是打算透過希賽兒對付我，同時也是針對我的父親。看來安哥雷米越來越大膽。

「你打算怎麼辦？」我問道。

父親沒有回應，目光疏離，陷入沉思裡。如果他保護萊莎，大家就會認定國王在玩弄法律規定，只為了保護個人的利益。但他放手不管，就是縱容對手把我們的親人送入死地，如此一來也會被貼上軟弱無能的標籤。看起來進退維谷，一點辦法都沒有。

有人在叩門。

「進來。」父親咆哮。

希賽兒走了進來，讓我詫異的是她竟然不是一個人，後面跟著的還有孀居的戴米爾公爵夫人、萊莎、馬克和雙胞胎。希賽兒一臉怒容，撇開她身上可能受的傷之外，我感受到她顯得躍躍欲試、相當急切，其他人的反應則不得而知，這讓我開始擔心起來。

一進門看到撞壞的桌子，希賽兒臉色發白。

「我們剛聽到妳最新的豐功偉業，」父親陰沉地說。「我猜妳是來求情的？」他預期希賽兒會開口懇求，手指微微抽搐了一下，公爵遺孀倒是安靜得反常，這是怎麼一回事？

希賽兒瞥了我一眼。拜託不要問我。我暗暗祈禱，但隨即責備自己是懦夫。

她伸出手來按摩另一隻手臂，顯然是受傷的位置，她的眼神盯著我看了好一陣子，才轉身面對我的父親。

這是一個暗號。

「你真該安排這個女孩多上點課，了解我們的法律和習俗，陛下。」公爵遺孀率先開口，她似乎想利用希賽兒的沉默採取先發制人的策略。她望著希賽兒，兩人目光交會，過了半晌，希賽兒依舊不發一語，戴米爾率先移開目光。

真是有趣。

「如果她有點概念，」戴米爾指著希賽兒說道。「就不會發生這種不幸的狀況，假如王子妃了解法律保障巨魔和僕從之間的關係，就知道不應該干預。我要怎樣對待僕人是我的權利，如果不願意把他們留在家裡，要殺要剮，我可以隨心所欲。」她的眼神從希賽兒臉上掠過，看看父親，再看看我，似乎有點慌亂，戴米爾公爵夫人從來不曾如此狼狽不堪。

希賽兒一聲不吭，逕自用鞋尖在大理石地板上摩擦。

公爵夫人的額頭開始冒汗。

「這個傻女孩竟然開價要買我的萊莎，大家都知道這違反法律的規定，因為……」她頓住，父親移動身體的重心，「如果她知道……」她結結巴巴。

希賽兒咳嗽一聲，戴米爾的臉龐好像抽筋了一般。「法律不會解釋妳拒絕把萊莎賣給維多莉亞小姐的原因，」希賽兒抬起下巴，直視我的父親。「戴米爾夫人沒來由地攻擊僕人，這種做法過於邪惡，不應當發生，顯然是濫用國王陛下的法律所賜給她的權利。」

父親揚起一邊眉毛。

「是我過於急躁，」戴米爾脫口而出。「萊莎不該受懲罰，我也在重新考量自己要求馬克爵士開啟迷宮的決定是否恰當，她是我所寵愛的僕人，王子妃的干預適時阻止了我莽撞的行徑，避免造成懊悔的損失。」

希賽兒點點頭。「很高興能夠對妳有幫助。」

戴米爾勉強壓抑怒火，緊抿嘴唇。「那麼這件事就到此為止。」

「我不反對。」希賽兒冷靜地回應。

戴米爾深深地屈膝施禮。「請求告退，陛下？」

我清清喉嚨。「在妳離開之前還有一個問題，戴米爾。」

我從椅子上站起來走向希賽兒，扣住她的手腕，推開袖子查看，她的上臂有明顯的深紅色鞭痕。怒火瞬間在體內竄升，我費力壓抑，盡量不動聲色。

「我想妳對這件事應該一無所知吧……公爵夫人？」我問。

「我不是故意的，」她忿忿不平。「是這個傻瓜闖入我和萊莎中間，鞭子才會打到她。」

「我才不在乎妳是不是故意的。」我冷靜地說，舉起希賽兒的手臂讓父親看個一清二楚。

「看來需要受法律教育的似乎是妳，戴米爾夫人。」父親終於開口道，臃腫的身材擠進椅子上。「容我為妳更新資訊，在我決定把親愛的兒子兼繼承人和這個柔弱的人類女孩連結之後，我緊接著宣布了一條命令，一旦發現任何人直接或間接傷害她，不管傷勢大小，必定要受到嚴厲的懲罰。」

戴米爾緊張到好像要吐了。「我完全沒有傷害她的意圖。」她重複。

父親傾身向前，眼神閃爍發亮。「只要結果一樣，意圖就無關緊要，妳的行動危害了我繼承人的福祉，因此，不可能不受懲處。」

公爵夫人雙膝著地。「饒命，陛下，我只是一個老太婆。」

她裝可憐的表現讓父親嗤之以鼻，他正要開口的時候，希賽兒突然打岔。

「國王陛下，可以容我發言嗎？」

父親點點頭，表情充滿好奇。我眉頭一皺，不是好奇，而是緊張，希賽兒把沉默當手段，一路掌控情勢，現在打算大展身手掀底牌。

「我不想再面對暴力——今天已經夠了。」她轉身面對一直跪在地板上的萊莎。「如果您堅持要處罰戴米爾夫人，我寧願用賠償的方式來取代。」

父親的手肘靠著椅子扶手，托住下巴。「繼續說，我在聽。」

「有人提醒我法律禁止買賣自己的親屬，不論是血親或姻親皆然，對嗎？」

我僵住不動，她這麼做是在走鋼索，險象環生。

「妳說得沒錯。」

「買賣算非法，但可以擁有嗎？譬如當作禮物送給某人？」

父親嘴角微揚，笑意盎然。「我想這是鑽漏洞，妳想要這樣嗎？」

希賽兒點頭回應。

父親站起身來。「聽到了吧，戴米爾，妳要把萊莎送給我們，」他停頓半晌，歪著頭思索。「或是交出妳的人頭，悉聽尊便。」

公爵夫人不再試著掩飾臉上的怒容。她下注豪賭，結果慘輸，還是輸給一個人類。我暗笑在心裡。

「我明天一早就把相關文件送來。」她嘶聲說道，怒不可遏地轉身離開。

萊莎站起來，轉身望著前任女主人的背影，我發現事情急轉直下的進展並沒有讓她特別開心。希賽兒認為自己救了她一命，但萊莎似乎不以為然。

父親朝希賽兒的方向彈一下手指。「妳可以走了。」

希賽兒匆匆離去，馬克和雙胞胎尾隨在後，我正要跟上去，父親伸手制止。「你留下來。」

我靜靜等待，父親盯著萊莎思忖，至於他心裡在想什麼，我不敢說。最後他深嘆一聲，舉起手來，一球黑霧將她團團圍住，阻隔視線和聲音。

「我向來痛恨那個工於心計的老太婆，」他嘀咕。「早該讓她處心積慮的陰謀反過來咬她一口，只是萬萬沒料到她竟然栽在希賽兒手裡。」

我不予置評地嗯了一聲。

「我恨那個該死的家族。」他繼續說道，幫自己倒了一杯酒。

「那你為什麼把羅南託付給他們？」我想也不想就脫口而出。

酒杯飄了過來，我一把接住，喝了一大口。

「你知道理由，」他說。「我不希望你阿姨跟他竊竊私語，就像她跟你一樣。」

「可是為什麼找他們？」我鍥而不捨。「幾百年來他們和我們彼此對立，是我們最大的宿敵。」

「啊，」他凝視酒杯深處。「正因為他家是我們的敵人。」他清清喉嚨。「我本來希望把安蕾絲許配給你——她具備當一個好皇后的特質，透過聯姻來緩和兩個家族緊張的關係，而安哥雷米也欣然同意，唯有一項附帶條件：不許安蕾絲和你聯結。我不敢冒險接受這種婚約——畢竟她有太多機會讓你在睡夢中一刀斃命。」

我徐徐點頭，那個家族把聯結看成致命的弱點，幾年前安蕾絲的母親突然神祕死亡，傳言甚囂塵上，暗示她被丈夫謀殺。這件事說起來當然對安哥雷米有利——他只有兩個女兒，其中一位已經香消玉殞——當然如果再娶年輕的嬌妻，就有生子立後的機會。雖然在我看來，願意和他結婚的都是傻瓜。

「我把你弟弟送去當籌碼，增加誘因，公爵終於同意簽約。」他再喝了一大口酒。「不過我們後來發現安蕾絲兩姊妹都有缺陷，因此決定取消婚約。她不夠健康——這一點你表哥的遭遇就是證明，他和潘妮洛普的結合一開始就是個錯誤。」

幸好馬克已經離開了——他並不認為潘妮洛普是錯誤。

「我不知道有婚約存在。」

「我知道，」他看我的眼神莫測高深，難以分辨。「無論你有何想法，還有很多事情你一無所知。」

我聳聳肩膀。「那就啟發我吧，為什麼不把羅南帶回家？你有這樣的權利。」

「他回來要怎麼處理？」他的酒一仰而盡。「他的威脅性令人頭痛，除了我們唯有公爵一家有力量控制他。希賽兒在這裡，我不可能把羅南帶回皇宮，他會當場擊殺她。那樣一來，」他朝我點點頭。「就會萬分不幸。」

這種說法太輕描淡寫了。

「安蕾絲也知道有婚約。」父親再補充。「我很驚訝她沒告訴你。」

不須詫異——我的朋友不是那種忍氣吞聲的個性。

「安蕾絲對我忠心耿耿，」我說。「不像她父親。」

「這是你說的。」父親應道，揮手結束這段交談，望著那團裹住萊莎的黑霧。

「去吧。」他突然說道。「我需要處理一下。」

他的情緒即將轉壞，我盡速離開，一方面好奇他要跟萊莎說什麼——我不認為他會傷害萊莎——不過，噢，真希望變成牆上的蒼蠅，可以神不知鬼不覺地偷聽。多年來，萊莎大多躲在戴米爾的羽翼底下，有如神祕的未知數，我對她一無所知，只知道她法力強大，很可能對安哥雷米忠心耿耿。

我心不在焉地穿過走廊，把萊莎的事先丟到腦後，轉而思索父親的行為：熱心助人一點都不像他的本性。過了這麼多年，他為什麼突然提到我和安蕾絲的婚約？我咬唇思忖，讓我知道這個訊息對他有什麼益處？肯定不是要證明公爵的虛偽和詭計多端——這是眾所周知的事。他的用意在安蕾絲身上——她知道婚約的存在，卻隱瞞至今。他想借刀殺人、破壞我對安蕾絲的信任？離間我們的關係？如果我們的友誼號稱可以緩和兩個家族的不和和分歧，這麼做似乎適得其反。

不是朋友，是情侶。

「啊。」我嘟噥著，霎時恍然大悟，明白背後的道理。他認定我一逕躲開希賽兒，或者和她爭執不休，顯然有部分理由在於安蕾絲的慫恿和介入，所以處心積慮離間我和安蕾絲的交情，想把我推入希賽兒懷裡。

推開一扇門，我不假思索地快步走下樓梯，隨即愣在那裡，發現自己就站在玻璃花園的入口。希賽兒的歌聲傳入耳朵。歌詞在形容一個遙遠的文明世界，女戰士堅毅不撓、對抗敵人。

顯然我在長廊迂迴穿梭時有多個目的地，最終的目的地連自己都不自覺。

我似乎養成習慣，聽到歌聲，便不由自主地循聲找人。希賽兒清亮的歌聲是我僅有的舒緩和慰藉，一天當中唯有這一刻容許自己忘掉肩頭的壓力，忘卻自己的身分。

滅掉燈光，我邁開步伐，走向花園深處她歌聲的方向，同時順手摘下大門旁邊的玫瑰帶在身上。

18 希賽兒

引吭高歌是吸引崔斯坦來到身邊的唯一法寶，所以我常常走進玻璃花園，竭盡所能地和瀑布雷鳴般的轟隆聲響分庭抗禮，讓嘹亮的歌聲在厝勒斯的洞穴大廳中迴盪，確信不管崔斯坦置身在城裡哪一個區域，不管手邊在做什麼，一定會抽身過來聆聽。

在這些時刻，他不會說話，永遠與我保持距離，或是站在花園邊緣，偶爾坐在長椅上，低頭看著雙腳。如果我邊唱邊走，他會循聲跟上，小心翼翼地以玻璃樹叢當界線，從來不越雷池一步。明知他就在附近，蓄意保持距離，但我總是裝作沒看見。

今天仍是相同的狀況，我獻唱，他聆聽，直到我筋疲力竭，無力和瀑布對抗時，他依舊默不作聲，躊躇一下，在一眨眼之間決定離開。

不過，今天我不想就此作罷，兩手抓起沾染萊莎鮮血的裙襬，循著蜿蜒的小徑，來到通往皇宮的台階，三步併作兩步地匆匆跟上。途中經過一群僕人和女傭，有的打躬作揖，有的行屈膝禮，但我無心回應，注意力全放在追蹤崔斯坦的行蹤上面。

我知道他走往臥室的方向，按照慣例應該不會久留，他總是來去匆匆，我盡全力控制自己，不要拔腿狂奔，以免引來不必要的眼光，我需要一點時間，單獨和崔斯坦對話。

追進臥室的時候，屋裡黑漆漆的一個人影都沒有，然而我感覺他在這裡，舉著燈，一個房間一個房間地搜尋，最後發現有一扇門半掩，通向外面的院子，我推開門跨了出去，燈光照著向下的樓梯，天井中央有一台黑色鋼琴，光可鑑人的檯面閃閃發亮。

我關上背後的門拾步而下，走向那台鋼琴，木頭的觸感摸起來特別溫暖，原因或許在於這幾天放眼所見不是玻璃就是石頭，我順手按下一個琴鍵，再一個鍵，聆聽輕脆的琴音，這才發現譜架上面有一支玻璃玫瑰，我試探地拿起花朵，在觸碰之下，玫瑰綻放出溫馨的粉紅色澤，微微發亮。

「妳會彈琴嗎？」

我沒回應，逕自坐在椅子上，開始彈奏一首牢記在心底的抒情小曲，直到最後一個音符飄盪在漆黑的深處，這才起身走向坐在暗處的崔斯坦，四周唯一的光線來自掛在手腕上的燈光，已經足以讓我看見陰影下他疲憊的臉龐。

「這是她設下的陷阱，」他說。「不過妳已經知道了，對嗎？」

「我一發現戴米爾的身分，就心裡有數。」

崔斯坦偏著頭。「如果一開始就發現她的陰謀，妳的應變方式會有所不同嗎？」

我咬唇思索。就算知道有陰謀，我能夠眼睜睜看著那個女人挨鞭子，卻置之不理嗎？血是真的，皮肉之痛也是真的。

「不會改變。」我承認。「即便這麼做很愚蠢。」

崔斯坦嘴角微揚。「我有一個領悟，無畏的勇氣和明智的決斷很少攜手共存。」

「如果是你，會怎麼處理？」我問。

他的笑容褪去。「我會走開，眼不見為淨。」

「噢。」我移動身體重心。

他走近，與我相距不到一隻手臂的距離，他的外套敞開，看起來似乎比平常更不修邊幅。

「我很想效法妳的勇氣，」他說。「擁有無畏勇氣的人是妳。」

「而你是明智的那一位。」我揚起眉毛。

「這一點我存疑。」他把雙手插進口袋裡。「第一次看到戴米爾如此狼狽，真是前所未聞。妳幾乎沒說一句話，就逼她承認了一切，這一招非常高明。雖說行徑魯莽——我還是得提醒妳——但是非常聰明，連我父親都對妳刮目相看。」

他的手從口袋抽出來，拉著我的手，捲起我的袖子，一團光球應聲出現，他細心檢視鞭痕四周浮出的瘀青。

「妳知道傷勢可能持續好幾天，甚至幾星期，但還是不顧死活地跳進去，真是無所畏懼。妳想過可能會死嗎？」

我靜默不語，知道這個問題不是針對我，而是問他自己。

他拉下衣袖，細心地為我調整好斗篷，遮住我的肩膀，然後往後退一步。「我要走了。」

「去哪裡？」我問道，過了晚餐時刻，再過一小時宵禁就開始了。不過這種事對他毫無拘束力。

「隨便走走，」他回答，停在樓梯底端。「我喜歡散步。」

他不肯告訴我去哪裡，我也不問，只知道崔斯坦必須到處巡視，從白天到深夜，唯有逼近累垮的邊緣，才會閉眼休息。他常常邊走邊受煎熬，沮喪、焦慮、恐懼和罪惡感貫穿其中，只有聽到我引吭高歌，才有閒情逸致過來聆聽，這段時間應該是他唯一卸下心防、享受平靜安寧的瞬間。

「崔斯坦，」我問。「萊莎是誰？」

他輕吐一口氣，抬頭望著漆黑的頭頂。「萊莎是我同父異母的姊姊，當時父親和我現在同齡，他和僕人有一段婚外情，」他猶豫。「千萬不要信任萊莎——她對安哥雷米忠心耿耿。」

我一臉震驚，伸手摀住嘴巴。「你爸爸痛恨混血種不是嗎？」

崔斯坦徐徐點頭。「或許那時候他的想法不同，或許萊莎的母親是例外，也或許是他喝醉了。總之可能的原因很多……」他聳聳肩膀。「這件事一直蒙著神祕的面紗，原因無人知曉。」他直視我的眼睛。「不要簡化我父親行事的動機，他冷酷無情，老謀深算，精明又詭計多端——沒有這些特質，很難維持長久的統治權。」他點頭致意。「晚安，希賽兒。」

他離開之後，我繼續坐在那裡彈鋼琴彈了一段時間。這些日子我大多數的時間都花在學習上面，內容五花八門、包羅萬象，或許我的心力和焦點放錯了地方。厝勒斯的政治問題複雜得超乎想像，一時之間能了解的程度非常有限。我知道不是只有對立的雙方，而是多方陣營在拉鋸，不是所有的混血種都期待推翻壓榨他們的政權，純種巨魔也不是緊密團結，同心對抗——他們更關心的是相互之間的利益衝突與爭執。我以為自己知道為何而戰、為誰而戰、抗戰的對象是誰，不過現在了解越多，卻越不敢確定。

現在唯一能確定的就是要矯正這種無知的狀態，而且要快。厝勒斯沒有和平，在文明和陰暗的表層底下，正在醞釀一場大戰，而我最大的恐懼就是擔心自己和輸的一方連結在一起。

⚜

「這是一個餿主意。」柔依呻吟。

「奇慘無比，」艾莉欣然同意。「如果東窗事發，肯定變成死妖的飼料。」

「胡說八道。」我輕聲反駁，把兜帽往前拉遮住臉孔、以免被人看到。「一來我們不會被逮到，其次就算被發現，我也不會讓妳們被抓去餵死妖。」

「因為妳神通廣大、一定有辦法制止他們？」柔依斜眼看我。

我不予置評——現在辯論這些毫無意義。她們悄悄帶我離開皇宮，幾乎快到糟粕區。兩姊妹花了好幾天時間幫我安排這次的探險之旅，在可預見的將來應該不會有第二次機會。

我們匆匆穿過後街小巷，來到厝勒斯最貧窮的區域，最後停在一棟住家前面。這一帶的石頭房子外觀既粗糙又沒有裝飾，看起來大同小異。柔依堅定地叩門，等待的時間讓人神經緊張，過了半晌，大門終於開啟。

「啊，妳們來了，我還在納悶王子妃殿下是否臨時怯場，在最後一刻改變了主意呢。」應門的男子朝我眨眼睛，我不由自主地盯著那道凹凸不平的疤痕橫跨在本來是左眼的眼窩。

「不要聲張！」艾莉嘶聲命令，把我推進門檻裡。「你要害我們被抓嗎？」

「這裡沒有人會出賣老提普、跑去告密的。」男子說道，揮手示意我往走廊移動。

我回首打量了一下，撇開那道疤痕——和似乎永遠洗不乾淨的汙垢——這個人應該還很年輕，如果他的年紀大於二十五歲，我願意把左腳的鞋子吞進肚子裡。

「你敢說老？」我反問。

他莞爾一笑。「就礦工而言，我可以算是古董級人物，夫人，這種事妳很快就會明白。」

我們走進去的房間大概算是公共食堂，放眼望去都是灰衣服的混血種，有男有女、大約和我同年紀。我一走進去，所有人統統抬頭看向我，表情充滿好奇。

「你們都知道她是誰，」提普說道。「我就不浪費時間介紹了。」

「這是什麼地方？」我左右張望。

「礦產公會的宿舍，」柔依輕聲解釋。「可以容納兩班礦工住在這裡，一班有十五位混血種。」

「總共三十個人擠在這裡？」我難以置信，眼前的空間看起來容納十五人已經是上限。

「區分白天班和夜間班，」提普含著麥片粥解釋，「只有交替進出的時間才會照面。」

「休假日怎麼辦？」我問。

整屋子哄堂大笑。

提普擦掉黏在下巴的麥片粥，「如果你休假不進礦坑工作，就表示你在迷宮裡跟死妖賽跑。」

「原來如此。」我說。

「明白就好，」提普說道。「現在告訴我，王子殿下怎麼會容許妳跑來這裡？」

「他不知道我在這裡，」我說。「他在睡覺。」

這個答案不算正確……我其實不知道他人在哪裡，也不知道他在做什麼。

提普挑高眉毛。「他醒來發現妳不在床上，難道不會到處找妳嗎？」

我的目光拒絕和他交會。「這點不勞關心。」

「噢噢！」堤普格格怪笑。「原來如此，皇家的愛情鳥不是鶼鰈情深，而是分房睡覺。」

「他有公事要處理，」我劈頭反駁。「而且你不該探聽別人閨房裡的事，這是個人隱私。」

「或許國王陛下應該幫崔斯坦找一隻公鳥，才能實現女公爵的預言！」另一位礦工開口打岔，逗得大家捧腹大笑。

我杏眼圓瞪、怒目相向。

「開開小玩笑，不要介意。」堤普出聲打圓場，友善地拍拍我的肩膀。「我的手下各個效忠崔斯坦，沒有人比我們更加忠心。」他示意女孩和我跟他進另一個房間。

「妳確定要這麼做？」堤普問。

「如果不確定就不會來這裡。」我肯定地回答。

堤普瞇起僅餘的眼睛。「我要妳非常確定，因為一旦進入礦坑，一待就是十二個小時，無論發生什麼事，即使有人受傷，也只能就地處理。萬一是妳，我們一定竭盡所能幫助，但妳必須了解，時間未到就無法上來。」他耐心等待我的回應，才繼續說下去。

「我們進入的地層深度遠超過妳的想像範圍，空氣汙濁，偶爾還有喘不過氣的感覺，那麼多石頭和泥土堆積在頭頂上，氣壓大得難以想像，有些人承受不住，寧死都不願意留在豎井深處五分鐘。」

旁邊的艾莉不安地蠕動身體，她事先聲明陪我下去的人是柔依，她最痛恨狹小的空間。

我用力吞嚥口水。「我可以。」我直視提普的眼睛。「我必須明白自己為何而戰……跟誰對抗，」我挺直肩膀。「你必須給我足夠的理由，讓我知道為什麼要為你們出生入死。」

我就是用這段話說服柔依和艾莉幫忙：除了嬌生慣養的女僕、一臉憂愁的掃街工人之外，我需要更大的動機，唯有親眼見識這個城市裡最悲慘的一面，才能了解崔斯坦選擇領導革命對抗父親的原因。而礦坑就是最糟的一面。

「我們應該做得到。」提普輕聲回應，默默看著兩個女孩幫我戴上礦工安全帽，遮住盤在頭頂的辮子，再用黑色油汙抹上露出的肌膚，臉頰塗上汙垢遮掩，加上我原本穿在身上的灰色上衣和長褲，大致跟礦工一樣。

「這樣就夠了，」他們弄完之後，提普說道。「記得要低頭——不然那對美麗的藍眸肯定會洩露妳的身分。」

❦

提普手下的礦工圍繞在四周，我盡己所能模仿他們從容不迫的步伐，同時低下頭去，柔依陪在我身邊，提供第二個光球權充偽裝的道具之一。

「崔斯坦有發現嗎？」柔依低聲詢問。

「沒有，」我低聲呢喃。「現在時間還太早——他大概以為我正在上某一堂課。」這是我們計畫當中的缺陷，也是最大的問題。堤普輪班的時間從晚上七點到清晨七點，再過一個小時就是宵禁時間，我雖然不至於因為違反宵禁受到懲罰，但崔斯坦肯定會納悶是什麼原因讓我離開宮殿，除非他沒有察覺我突然變成深入厝勒斯地層的一份子。我確信他很快就會領悟我的企圖——但我不確定他是否會橫加阻撓。

礦坑入口位於溪水路對面山谷的尾端，看起來再普通不過，就是一道寬闊的白色石階通往地下，唯有筋疲力竭、渾身髒汙的工人三三兩兩爬上樓梯，逐步走入城區才讓人看出那裡是什麼地方。

才跨下樓梯一步、景象立刻改觀，各種刺耳的噪音轟炸我的耳朵：有金屬互相撞擊的鏗鏗鏘鏘、爆炸聲響隱約而低沉，太多混血種在過度狹小的空間擠得水洩不通，喧囂吵鬧，灰塵湧入鼻孔，不只讓人咳嗽，幾乎難以呼吸。

「有一道屏障把塵埃和噪音阻隔在這裡，以免傳出去。」柔依低聲說明。

「我想也是。」我舉起袖子擦鼻孔，試著環顧四周，還得低著頭，看到前方有幾位混血種忿忿不平地和公會成員爭執不休，氣氛火爆。「他們在吵什麼？」

「配定的額度。」某個工班成員回答我的問題，「現在不要出聲，等離開公會視線範圍再說。」

我們循序走向左邊的坑道，加入長長的礦工行列，大家靠右站立。每隔幾分鐘就有一群白天班的工人從左邊走過去，各個表情困頓、累到全身乏力，扛著大大的板條箱，裝滿黃色條紋的石頭。

「下一組！」某人大叫，隊伍跟著往前移動，不久我就得以看清楚排隊的目的是什麼，原來石室中央有一個豎井，巨魔的光球圍繞在四周，兩位穿著制服的公會成員分別站在豎井兩側，看起來意興闌珊，另一位站在隊伍前面，手裡拿著一捆一捆的羊皮紙——就是他在不斷大喊，「下一組！」

我懷著緊張期待的心情望著前方的豎井，風聲呼呼地從其中吹出來，不久就有一個平台升起，滿載礦工和板條箱，工人以魔法夾著勞力扛起沉重的箱子，依序爬出平台。接下來隊伍前方的工班從牆邊抓起空箱子，一擁而上跳進平台，倏地消失在豎井當中。

「下一組！」

前面只剩一組人馬，堤普突然從旁邊冒出來。「要退出的話，這是最後的機會。」他湊近我的耳朵聲明。

我搖頭以對。

堤普的工班擁上去拿箱子的時候，我也跟上去依樣畫葫蘆，他們把我圍在中間一起跑向平台，到齊之後，公會成員草草地瞄了一眼，就啟動平台下降。

平台急墜而下，發光的梁柱和石頭自四面八方飛閃而過，我驚訝地倒抽一口氣，感覺整個胃吊在喉嚨口，柔依抓住我的手，露出安慰的笑容。

「真驚人。」我提高嗓門壓過呼嘯的風聲大叫，直到抬頭一看，發現豎井的頂端已經消失不見，興奮的感覺才消褪一點。

「這是唯一的進出口嗎？」我大吼。

「絕無僅有，殿下！」提普大叫回應。

平台一路往下急墜，半晌之後速度終於放緩，落底停住。我抓起板條箱，跟著其他工人，一逕低頭走路，以免被其他班的礦工發現異狀。密閉空間氣氛沉悶，空氣中滿佈塵埃，飛沙幾乎要堵住肺部。我輕聲咳嗽，跟著穿過狹窄的坑道，離開豎井，幸好魔法的亮光讓坑道大放光明，加上眾多梁柱的支撐，讓我著實鬆了一口氣。

「現在可以放鬆了。」提普說道，「這裡只有我們沒有外人，除非發生狀況，公會的人不會下來。」

我發現這些話不只針對我而已，大家跟著鬆懈下來，不再強裝恭謹服從的模樣，本來垮著肩膀和低頭的，現在挺直腰桿，仰起臉龐，讓我忍不住納悶是否有公會的人在附近、或是因為有我躲在他們中間，氣氛才緊繃到極點。

我們把箱子堆在旁邊，走向一長排停在軌道上的台車，長長的軌道通往坑道深處。

「進去吧。」提普說道。

「我可以走路。」我沒那麼弱不禁風。

他咧嘴而笑。「沒人用走的。可以乘車何必步行，進去吧。」

柔依和我爬進骯髒的台車。

「抓緊。」堤普哈哈大笑地說，握住台車手把，用力一推，車子緩緩前進，沒多久便開始加速，堤普短跑衝刺狂追，躍上台車後方，車子猛往前衝。

「嗚呼！」他大叫一聲，車子飛躍般穿梭在坑道之中，後方工人大聲呼應，叫聲此起彼落，迴響在四周。

一開始我心驚膽跳，台車似乎難以控制，每次轉彎都像要撞上石壁，感覺必死無疑，但我的恐懼旋即轉成興奮和狂喜，開始享受刺激的旅程。伴隨著金屬輪子摩擦軌道發出刺耳的吱嘎聲，工人扯開嗓門大講粗俗的笑話。每次碰到下坡加速俯衝的時候，我和柔依就大叫，並緊緊抓住對方。

旅程的終點很快來到，堤普拉下台車旁邊的扳手，金屬相互摩擦發出刺耳的哀嚎聲，車子終於停下來。

「樂趣到此為止，工作時間到了，妳預備要開始撿煤塊了嗎，柔依？」

「我必須陪在希賽兒身邊。」女孩說道，擔心地瞥了我一眼，顯然這不在協議當中。

「我們有既定的配額要完成。」堤普的語氣很像在閒聊，甚至有點在說笑，臉上的表情卻大相逕庭。「我有兩名手下生平第一次享受休假，好讓殿下進礦坑小小冒險一下，她無法幫忙，但妳可以，就算妳很嬌弱拘謹，柔依，我說這句話沒有惡意，妳比三個男孩加起來都還有力。今天有妳在，我們的進度應該能夠超前。鋸齒！」他大叫。「帶柔依過去引爆！」

「什麼額度？」我問道，目送柔依和其他工人轉入另一條坑道。

「我們在這裡完全仰賴產量定生死，」堤普解釋，直接席地而坐。「也就是每個月每一班工人預期交出的額度。把身體靠向包圍坑道的魔法吧，殿下，這樣比較能夠保暖。」

我依言而行，雙雙放鬆下來之後，他才繼續說道。「這一帶主要生產黃金，但是山裡蘊藏豐富，包含各種金屬礦產。公會記錄每班工人所在的位置，輪班一開始就規定遞交的額度，只要達成每月的額度，大家就能平安無事，如果不夠……」他聳聳肩膀。「那就大事不妙。」

「不夠會怎樣？」

「不夠的話，就有人要被送進迷宮餵死妖。」

我的手臂環住腰間。「只因為挖不到足夠的金礦，就有人要陪葬？他們如何決定誰去送死？」

堤普呵呵笑。「他們不插手，公會的人渣精明狡猾，只負責發號施令，要我們自己決定誰去送死。」

果然高明，冷血無情。「你們如何選擇？」

堤普撿了一顆石頭，雙手丟來丟去，動作讓我想到人類奇特的習慣，這樣聯想的原因連我自己都不明白。

「運氣好的話，會有人自告奮勇，總有些人受夠了永無止境的苦力，或是害怕困在洞穴裡出不去……寧願就此了卻殘生，不願意再進入礦坑多熬一天。有時很不幸，班裡沒有這種樂觀主義者，只好挑選拖累進度的人。」

「達不到配額的頻率有多高呢？」

堤普放下石頭。「頂多一兩個月就有一組要送人離開。」

頻率這麼高！我的手指頭在腳邊的砂礫中攪和，試著想像被迫挑選朋友去陪葬的感覺，而且不只一次，甚至是常態，那種罪惡感會把人壓垮。

「摀住耳朵。」堤普忽地開口說。

雙手剛掩住耳朵，一聲轟然巨響就從坑道傳出來，加上漫天塵埃，讓人咳嗽不已，但是堤普不以為意，絲毫不受影響。

「有柔依在這裡，我們進度超前。」他笑嘻嘻道。

「她既然這麼好用，為什麼不當礦工？」我沉吟地問。

「妳真的一無所知，對嗎？」

崔斯坦的嗓音驀地在耳際響起。在厝勒斯，法力高強就是王道。

「因為有魔法，所以不必做苦工。」我立刻意會道。

堤普點點頭。「在我們還小的時候，他們就知道每個孩子未來的法力有多強大，所以在拍賣場上，類似柔依和艾莉就被挑去當僕人，擁有越多魔法的……」他搜尋合適的字眼。「在純種巨魔眼中的價值越高。再來就是少量或是沒有法力的，只適合清掃街巷和下水道，這種骯髒工作只能靠雙手，不能用魔法。剩下的統統下礦坑工作。」

礦坑裡每一個轉角都有死神在招手。

「所以如果你是混血種，魔法又不夠強大，不如幾乎沒有的好。」我說，順手撿起提普丟下的石頭。

「這是妳的想法，」提普揚起眉毛，「擦拭拋光下水道的鐵條蓋確實遠比挖金礦容易，危險程度也少很多。不過如果妳能留意到這些細節，應該也會想到縱使有許多混血種出生時毫無魔法或是僅有少許的法力，也有一大部分的壽命撐不到拍賣的時候。」他眨了眨眼睛。「意外在所難免。」

「原來如此。」我低聲說道。如果你在一群礦工當中毫無魔力可言，一旦沒有達成配額，第一個上斷頭台的就是你。這樣還遠不如在下水道工人小組裡做到最上層，但是要有空缺出現，就意味著要剪除最弱勢的那些人。

「純種巨魔根本不必弄髒他們的手，你們會自相殘殺，剔除弱者。」我沉聲說。

「不是你死，就是別人賠上一條命……」提普聳聳肩膀。「現在妳應該更加了解我們奮戰求變的原因。摀住耳朵。」

地面撼動，另一波灰塵立刻滾滾而來。

「你怎麼知道爆破何時會發生？」噪音沉寂之後，我好奇地提問。

「這一行做了這麼久，當然了解節奏。」

我傾身向前。「什麼祕訣讓你可以在地底下存活這麼久？」

他臉色忽地一沉，這證實了我的懷疑，他的舉止太像人類——不管做什麼事，巨魔都盡量用魔法處理，包括丟石頭打發時間亦然。但我發現進了礦坑以後，如果讓光球熄滅，他看起來就像普通人，包括那道勉強癒合的疤痕和偏灰非銀色的眼珠。堤普屬於魔法力量微弱的那一類。

「我可以嗅到金礦。」他語氣冷冽。「知道要挖哪裡才對，從我加入這一班，從來沒有達不到配額的紀錄。」他伸手指著我。「不管他們怎麼想，男人的價值不是單靠魔法評定。」

「女人也是。」我平靜直視他憤怒的眼神。他先眨了眨眼睛。

「女人也是。」他同意。「這一點妳說得沒錯，殿下，我們何不過去看看我們的朋友們進展到什麼程度，如果我離開太久，他們很可能挖錯方向。」

我們穿過坑道，最後發現柔依和其他礦工在瓦礫中分門別類。堤普特意強調「我們的朋友」這個字眼。在今晚之前，協助崔斯坦的考量主要在於確保我自身的自由，現在才領悟只有自己自由還不夠，我還想幫助他們推翻強迫混血種自相殘殺以保全自己性命的惡法。混血種不只是我的朋友，也是我的夥伴。

「你冒了生命危險來告訴我這些話，」我說。「並且帶我來這裡，但萬一被抓……」

「死妖可以飽餐好幾頓，」堤普說道。「但是很值得。」

「為什麼？」遠處的爆破撼動地表。

堤普放慢腳步。「我們就像關在層層鐵籠裡的奴隸，殿下，有史以來第一次有未來的國王願意將底層又佔最多數的人民價值擺在自己利益前方，崔斯坦願意冒生命危險拯救我們，因此我們也願為他效命，然而除非破除咒語……」他搖搖頭。「權力孕育權力，它不會長久臣服在道德和正義的冠冕底下，我們必須拉開和純種巨魔之間的距離，唯有這樣才能確保真正的自由。而這不是崔斯坦單槍匹馬能夠達成的目標，人類的魔法束縛著我們，也唯有人類才能夠釋放，這些事不需要預言來提醒。」他停頓一下，朝我點點頭。「我們需要妳的協助。」

這個請求令人氣餒。「我會盡全力。」

「我知道。」堤普說道。「現在摀住耳朵。」

⁂

幾小時之後，柔依過來找我，我在做石頭的分類。

「他有發現嗎？」她問道，用手擦去額頭的汗水，反而在臉上留下黑黑的汙痕。她一直勤奮工作，完全沒有休息。

我跪坐在地，閉上雙眼，將心神專注在崔斯坦身上：他已經醒了，並沒有靠近這裡的打算。

「我想他應該知道了，」我說。「但決定不干預。」我忍住打呵欠的衝動。「只要我們平安就好。」

「我們要開始裝箱了。」堤普嚷嚷。「走回平台還有一大段距離，今天收穫豐碩。」工班大聲歡呼，互相拍背慶祝，叫好聲隨即被石頭滾落的巨響打斷。一整個晚上噪音此起彼落——有的來自柔依的努力，有的來自附近其他小組的採礦，但是這次聲音大很多，而且來自後方。

「是什麼聲音？」柔依睜大眼睛。

「我們很快就會知道。」堤普回應，我發現他用眼神警告其餘的成員。「裝上推車吧，我們該走了。」

回程路途遙遠，才走第一個小時，連我這空手、不用負擔任何東西的人，都只想躺下來呼呼大睡。柔依和其他同伴運用魔法加上勞力，推著裝滿石塊的推車往回走，除了少數幾句髒話和詛咒，通道中只剩下使勁的吆喝和喘氣聲。等我們終於聽見礦工將石塊裝進板條箱的喧囂，大家著實鬆了一口氣。

我盡可能幫忙裝箱——主要是不想引起其他工班的注意，而不是因為有多少幫助。下一批輪到我們時，堤普突然齜牙咧嘴嘶聲警告。「公會成員！」大家立刻低頭不語，肩膀垮下。我模仿他們的動作，試著躲在其他工人後面。

兩名公會成員跟著前面那一組爬上平台，另一位留在後面，我們等待平台下降時，他背靠牆壁，閉目養神，神情疲憊不堪。換我們上去的時候，大家神經緊繃，那位巨魔跟我們一起上升，氣氛更加凝重。

「是塌陷嗎？」提普問道，升降梯緩緩上升，速度遠比下降時慢很多。

「是的。」巨魔回應，「芬恩那幫人在南端挖掘，整個坑道塌陷下來。就是我們擔心不夠牢固而封閉的地方。」他意有所指地補充一句。

「有人存活嗎？」

「沒有。」巨魔伸手搔頭，髮根豎立，亂得可以。「搞不懂那些該死的傻瓜跑去那裡做什麼。」

「謠言說他們額度不夠，」提普語氣平淡。「傳說那裡蘊藏量特別豐富，可以快速挖掘出來。」

公會成員挺直肩膀，怒目瞪著提普。「現在芬恩那幫人統統死了，只因為他們無法接受損失一位混血種。」

「你說得倒容易。」提普嘟噥。

一聽到這句話，所有竊竊私語的交談戛然而止，大家幾乎都屏氣凝神，等著看接下來會發生的事情。

巨魔抬頭挺胸，制服窸窣有聲，一瞬之間，他用力把提普推向板條箱，平台隨之晃動。「說得很容易？過去四小時我至少挖掘了五十碼的坑道，最後只看到血肉模糊一片和鮮血淋漓！」

他們兩個幾乎壓在整個平台上面，我試著擠向旁邊，卻找不到空間。巨魔揪住提普的肩膀，似乎沒有要傷害他的意思，我可以感覺到巨魔貼住我的那隻手臂顫抖不已，顯然礦工的慘死讓他非常沮喪。

「你們這些可悲的傢伙，半數沒有能力托住塵土，還堅持要進入搖搖欲墜的坑道——連莫庭倪家族都避之唯恐不及的地方。一旦石塊崩落，我又得把你們挖出來。」

「那就別挖，」堤普不甘示弱。「反正你又不在乎我們是死是活。」

幾個工人沮喪呻吟，但是堤普沒有打退堂鼓的意思。「小心不要把我們全殺了，不然換你們自己要去做苦力！」

「愚蠢的混血種！」巨魔一拳打中提普的臉，臉骨斷裂的聲響令人錯愕。「每次坑道塌陷，就算你們血肉模糊，我都要把屍骨挖出來，這就是我的承諾！」

魔法的能量掠過我的皮膚表面引起一陣酥麻。聽到巨魔脫口說出具有約束力的承諾，有些礦工驚愕地倒抽一口氣。我極力想要躲到旁邊避免引起注意，但巨魔卻突然抬起頭來，正巧和我目光交會，他目瞪口呆，我呼吸淺促，胸口劇烈的起伏，屏息等待他的反應。

被發現了！他肯定會去告發，而我甚至想不出來要如何解釋自己跑來這裡的理由。

他張開嘴巴看著我，我屏住呼吸。

「法律不是我訂的，」他情緒激動，聲音變得沙啞。「我只能接受並遵守。」

我諒解地對他點點頭。看來厝勒斯不滿現狀的不只混血種而已，我忍不住納悶還有多少純種巨魔私底下同情混血種的遭遇，而崔斯坦是否知道這些人的存在？這些人又是否知曉崔斯坦真正的立場？

升降梯搖晃了一下終於停住，巨魔放開堤普，匆匆鑽進人群裡離開。我和礦工們愕然以對，隨即回過神來，依序把板條箱扛出來，將礦石送到篩選分類的地方，心中暗暗地祈禱那個巨魔不會告訴任何人他在礦區看到我。

如果消息走漏，我真的很難自圓其說。

（千年之咒：誓約（上）全文完）

致謝

我可以毫不遲疑地說，沒有家人的愛護與支持，這本小說不可能付梓。

感謝爹地，早在我學會造句以前，就開始讀奇幻小說給我聽，等我終於開始動筆以後，又幫忙修改潤飾。

謝謝媽咪，在我突如其來做了一個不可理喻的決定、一心要當作家的時候，她二話不說支持到底，更是我天字第一號的啦啦隊長。

謝謝Nick，讓我進退有據，不致妄自尊大——沒有人像你這麼懂得揶揄我的特質。

再來要特別感謝我那位不知倦怠為何物的經紀人Tamar Rydzinski，根據撰寫電影大綱須簡潔有力的概念和兩百五十個字的規定，把我從冗長晦澀的泥沼中拯救出來，你讓我美夢成真，為此更要獻上由衷的感激。

還有我的編輯Amanda Rutter，謝謝妳愛上我筆下的巨魔，給了我一次無與倫比的奇妙體驗——目睹書籍上架的喜悅。期待在可預見的未來，和妳、和其他Angry

Robot/Strange Chemistry 成員再有共事的機會。

接下來更要感謝那些在出版過程當中，被我拖累的朋友們。謝謝Donna在Earl's請我吃了無數頓的午餐，聆聽我口沫橫飛地講故事；謝謝Lindsay那永無止境的熱情與技巧高超的推銷術；謝謝Carleen 和Joel，好心招待並接納隱士在你家地下室住了整整五個月；更感謝所有惦記我的朋友，不厭其煩地把我從奮筆疾書的洞窟裡挖出來，總算可以說還有一點社交生活。

最後壓軸的是Spencer，謝謝你慧眼獨具、偏愛這些有點瘋瘋癲癲又不會下廚的作家，雖然連你自己都很驚訝。少了你，我的心情和肚子肯定悽慘無比。

中英名詞對照表

A

Albert　亞伯特

Anaïs (Anaïstromeria)
　安蕾絲（安蕾絲托米亞）

Angouleme　安哥雷米

Anushka　安諾許卡

Artisan's Row　阿媞森藝品

Artisans' Guild　藝匠公會

B

Bakers' Guild　烘培公會

Baroness de Louvois
　路易斯女子爵

Brule River　布魯爾河

Builders' Guild　承造公會

C

Castile　卡斯提亞

Cecile Troyes　希賽兒・卓伊斯

Charlotte Le Brun　夏羅特・布魯

Christophe (Chris)　克里斯多夫（克里斯）・吉瑞德

Chronicles of the Fall
　崩山編年史

Clarence　克萊雷斯

Cogs　鋸齒

D

Devil's Cauldron　惡鬼鍋

Dregs　糟粕區

Duchesse de Feltre
　費爾翠女公爵

E

Elise　艾莉

Esmeralda Montoya
　艾莫娜妲・蒙托亞

F

Finn　芬恩

Fleur　花兒

Forsaken Mountain　魔山

Frederic de Troyes
佛雷德克・卓伊斯

G

Genevieve　吉妮薇

Goshawk's Hollow　蒼鷹谷

Guerre　格爾兵棋

Guild　公會

Guillaume　吉路米

H

Half blood　混血種

Heaven's Gates　天堂之門

I

Isle de Lumiere (Isle of Light)
光之島

J

Jerome Girard　傑若米・吉瑞德

Jewelers' Guild　珠寶公會

Joss　潔絲

K

King Alexis III　國王亞力士三世

King Marcel III
馬歇爾三世（阿呆馬歇爾）

King of Summer　仲夏國王

King Tristan II
崔斯坦一世（建造者）

King Xavier II
薩維二世（拯救者）

L

Lady Damia, Dowager Duchess d'Angouleme　戴米爾夫人，安哥雷米公爵遺孀

Lessa　萊莎

Liquid Shackle (Elixir de la Lune)
液態枷鎖（月神的靈丹）

Luc　路克

M

Madame Delacourte　迪勒可提夫人

Marc de Biron, Comte de Courville　馬克・畢倫，柯維爾伯爵

Martin　馬丁

Matilde　美妮妲

Melusina　梅露希娜巨龍

Miners' Guild　礦產公會

Montigny　莫庭倪

O

Ocean Road　大洋路

P

Penelope　潘妮洛普

Pierre　皮耶

Q

Queen of Winter　隆冬之后

R

Reagan　芮根

Regent　攝政王

Renard farm　雷納德農場

River Road　溪水路

Roland Montigny　羅南・莫庭倪

S

Sabine　莎賓

Sluag　死妖

Sylvie Gaudin　希薇・高登

T

The Fall　大崩塌

Thibault　苔伯特

Tips　堤普

Trade magister　交易監察官

Trianon　崔亞諾

Tristan　崔斯坦

Trolls　巨魔

Trollus　厝勒斯

V

Victoria de Gand (Vic)
　　維多莉亞・甘德（薇薇）

Vincent　文森

Z

Zoe　柔依

幻想藏書閣

千年之咒：誓約（上）

原著書名／Stolen Songbirds (The Malediction Trilogy)
作　　者／丹妮爾・詹森（Danielle L. Jensen）
譯　　者／高瓊宇
企劃選書人／王雪莉
責任編輯／張婉玲、何寧
行銷企劃／周丹蘋
業務主任／范光杰
行銷業務經理／李振東
副總編輯／王雪莉
發 行 人／何飛鵬
法律顧問／元禾法律事務所　王子文律師
出版／奇幻基地出版
城邦文化事業股份有限公司
台北市 104 民生東路二段 141 號 8 樓
電話：(02)25007008　傳真：(02)25027676
網址：www.ffoundation.com.tw
e-mail：ffoundation@cite.com.tw
發行／英屬蓋曼群島商家庭傳媒股份有限公司城邦分公司
台北市 104 民生東路二段 141 號 11 樓
書虫客服服務專線：(02)25007718・(02)25007719
24 小時傳真服務：(02)25170999・(02)25001991
服務時間：週一至週五09:30-12:00・13:30-17:00
郵撥帳號：19863813　戶名：書虫股份有限公司
讀者服務信箱 E-mail：service@readingclub.com.tw
歡迎光臨城邦讀書花園　網址：www.cite.com.tw
香港發行所／城邦（香港）出版集團有限公司
香港灣仔駱克道193號東超商業中心1樓
電話：(852)25086231　傳真：(852)25789337
e-mail : hkcite@biznetvigator.com
馬新發行所／城邦（馬新）出版集團
【Cite(M)Sdn. Bhd】
41, Jalan Radin Anum, Bandar Baru Sri Petaling,
57000 Kuala Lumpur, Malaysia.
Tel: (603) 90578822　Fax:(603) 90576622
email:cite@cite.com.my
封面設計／黃聖文
排　　版／極翔企業有限公司
印　　刷／高典印刷有限公司
■2017年（民106）8月31日初版

售價／250元

國家圖書館出版品預行編目資料

千年之咒：誓約（上）/丹妮爾・詹森（Danielle L. Jensen）作；高瓊宇譯. -- 初版. -- 臺北市：奇幻基地出版：家庭傳媒城邦分公司發行, 民106.08
冊；　公分
譯自：Stonlen songbird
ISBN 978-986-95007-2-2（上冊：平裝）

874.57　　106012013

ISBN　978-986-95007-2-2

廣　告　回　函
北區郵政管理登記證
台北廣字第000791號
郵資已付，免貼郵票

104台北市民生東路二段141號11樓

英屬蓋曼群島商家庭傳媒股份有限公司城邦分公司 收

請沿虛線對摺，謝謝

奇幻基地

每個人都有一本奇幻文學的啓蒙書

奇幻基地官網：http://www.ffoundation.com.tw
奇幻基地粉絲團：http://www.facebook.com/ffoundation

書號：1HI109　　　　書名：千年之咒：誓約（上）

15 annual

奇幻基地15周年龍來瘋慶典

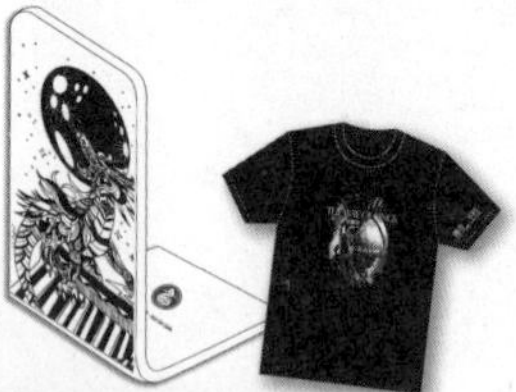

集點好禮獎不完！還可抽未來6個月新書免費看！

活動期間，購買奇幻基地作品，剪下回函卡右下角點數，集滿點數，寄回本公司即可兌換獎品&參加抽獎！

集點兌換辦法

2016年6月起至2017年12月20日前（郵戳為憑），奇幻基地出版之新書，剪下回函卡右下角點數，集滿點數貼至右邊集點處，寄回奇幻基地，即可兌換贈品（兌換完為止），並可參加抽獎。

集點兌換獎品說明

5點：「奇幻龍」書擋一個（寬8x高15cm，壓克力材質）
10點：王者之路T恤一件（可指定尺寸S、M、L）

回函卡抽獎說明

1.寄回集滿5點或10點的回函卡，皆可參加抽獎活動！回函卡可累計，每張尚未被抽中的回函卡皆可參加抽獎。寄越多，中獎機率越高！
2.開獎日：2016年12月31日（限額5人）、2017年5月31日（限額10人）、2017年12月31日（限額10人），共抽三次。

回函卡抽獎贈書說明

中獎後，未來6個月每月免費提供奇幻基地當月新書一本！
(每月1冊，共6冊。不可指定品項。)

特別說明：

1.請以正楷書寫回函卡資料，若字跡潦草無法辨識，視同棄權。
2.本活動限台澎金馬。

【集點處】

1	6
2	7
3	8
4	9
5	10

（點數與回函卡皆影印無效）

為提供訂購、行銷、客戶管理或其他合於營業登記項目或章程所定業務之目的，英屬蓋曼群島商家庭傳媒(股)公司城邦分公司，於本集團之營運期間及地區內，將以電郵、傳真、電話、簡訊、郵寄或其他公告方式利用您提供之資料（資料類別：C001、C002、C003、C011等）。利用對象除本集團外，亦可能包括相關服務的協力機構。如您有依個資法第三條或其他需服務之處，得致電本公司客服中心電話(02)25007718請求協助。相關資料如為非必要項目，不提供亦不影響您的權益。

個人資料：

姓名：________________________ 性別：□男 □女

地址：____

電話：____________________ email：____________________

想對奇幻基地說的話：________________________________

____

請剪下右側點數，貼於集點處，集滿5點以上，即可寄回兌換抽獎

1P 2017